ャ文庫

愛執の鳥籠

白ヶ音 雪

イースト・プレス

contents

序章　暗冥に差す光

月や星は厚い雲間に隠れたきり姿を現さず、あたりはむせかえるほどの濃い霧に覆われている。

人の気配はなく、まるで地上の全てが闇に支配され呑み尽くされたよう。

そんな、重苦しく湿った夜だった。

シルフィアは自身の暮らす館をそっと後にし、黒く塗りつぶされた世界へ足を踏み出す。

血のように赤い瞳は人々から気味が悪いと嫌がられるが、夜目が利くという点においてはとても便利だ。わざわざ角灯を持たずとも、慣れた場所であれば歩くのに不自由はしない。

長く伸ばした黒髪を夜風になびかせながら、崩れて足場の悪くなった石畳の上を静かに歩いていく。そうすると、まるで自分が小さな魚になって、広く暗い海を自由に泳いでいるような気持ちになった。

初雪も間近に迫ったこの季節、吐く息は綿花のように白く、冷え切った外気は肌に突き刺さって痛いほど。薄手の寝衣と、あちらこちらがほつれた毛糸編みの上掛けといった出で立ちは、あまりに心許(こころもと)ない。

ましてやシルフィアはまだ十歳になったばかり。夜にひとり歩きをするには、まだ早すぎる年齢だ。

しかし、幼い少女の軽率な行動を見咎(みとが)める者は存在しなかった。

なぜならこの辺一帯は宮廷の敷地内にありながら、誰もが気味悪がって寄りつこうとしない、いわくつきの場所だからだ。

シルフィアが今歩いているのは、険(けわ)しい岸壁のちょうど真上に存在する高い塀の内側。谷底を睥睨(へいげい)するように佇(たたず)む、石造りの館のすぐそばだった。

隅々まで手入れの行き届いた華やかな宮廷とは正反対に、館の外壁は苔(こけ)や砂埃(すなぼこり)に覆われ、灰色と深緑の不気味なまだら模様に染まっている。

人目を忍ぶように四方を囲む高い塀には、鋭い棘(とげ)を持つ茨(いばら)が絡みつき、どこか陰鬱(いんうつ)とした雰囲気を拭えない。

牢館と、初めにこの館をそう呼んだのは誰なのだろう。

その通称通り、元々は高貴な罪人を幽閉するために作られた牢獄だったそうだ。玉座を巡る争いに敗れた王子や、廃位された王が押し込められたこともあるらしい。

それから時は流れ、館は本来の役目を失って久しくなるが、それでもなお血に塗れた時代の象徴として人々からは強く忌み嫌われている。

――よくこんな呪われた場所に住めるわね、と言ったのは異母姉のグリシエラだった。

たまにここを訪ねてくる彼女は、内壁の一部が石膏で厚く塗り固められているのを見るたび、大げさに眉をしかめてみせた。

曰く、少しひび割れるたび老いた下男が神経質なほど新しい石膏を塗りたくるその場所には、かつて大きな掃き出し窓が存在していたのだそうだ。

はめ殺しの窓と、外側からの施錠によって閉ざされた館。けれど崖に張り出すように設置されたその掃き出し窓だけは、唯一、内側から自由に開閉することができたらしい。

なんのためかと聞くと、姉は呆れた顔をしながら、身投げのために決まっていると答えた。ありとあらゆる尊厳を奪われ、不名誉な幽閉生活のまま一生を終えるくらいなら、死して自由になることを選ぶ貴人も多かったのだと。

それが囚人に与えられた最後の慈悲か、あるいは無言の重圧かはわからない。けれど、どちらにせよ岸壁の合間には広く流れの速い川が広がっており、もし誰かが身を投じようものなら瞬く間に急流に呑まれ、二度と浮かび上がることはできないだろう。

その川は今、夕刻まで降り続いていた雨のせいか、常より激しい音を立ててごうごうとうねっていた。まるで、これまで川に身を投じた人々の怨嗟の声がこだましているかのようで、シルフィアは思わず身震いしてしまう。

それでも勇気を振り絞って歩みを進めたのは、大切な探しものをしていたからだ。

「マルー。マルー？　どこにいるの……？」

闇の中を泳ぐように歩きつつ、か細い声で呼ぶのは、シルフィアが親友と呼ぶほどに可愛がっている大切な小鳥の名である。

ちょうど半年ほど前、滅多に会えない父が誕生日の贈り物にと商人から買いつけた、珍しい異国の小鳥。歌うような美しい囀りが特長だそうだが、それ以上に、ふわふわした黄色い和毛とつぶらな瞳がとても愛らしく、シルフィアは一目でその贈り物を気に入った。

毎日欠かさず話しかけ、自ら餌やりや鳥籠の掃除をして可愛がる姿に、侍女のイヴェットも苦笑をこぼすほど。

その甲斐あってか、基本的には人慣れしない鳥種と説明されていたにも拘わらず、マルーはシルフィアによく懐いた。

籠から出せば進んで手の上に乗り、名を呼べば返事をし、時折得意の歌を披露してくれる。そんな可愛らしい小鳥が万一、猫や猛禽類にでも襲われたら大変だと、鳥籠の開閉には細心の注意を払っていたはずだった。

それなのに、今日に限って鍵を閉め忘れていたのだろうか。

鳥籠の中からマルーの姿が消えていることに気付いたのは、つい先刻のことである。

虫の知らせと言うべきか、何か得体の知れない胸騒ぎと共に目を覚ましたシルフィアは、扉の開いた空っぽの鳥籠を見つけて我が目を疑った。

そうしてしばらく室内を探してみたものの、マルーの姿はどこにもなく、寝衣のまま慌てて館を飛び出したというわけだ。

常日頃からイヴェットには、夜にひとりで出歩いてはいけないと口を酸っぱくして言い聞かされている。特に先日、何者かによって館の窓硝子を全て割られてからというもの、彼女はますますシルフィアの動向に神経を尖らせるようになっていた。

大勢の人々がひしめきあう宮廷とは違い、牢館で暮らすのはシルフィアとイヴェットのたったふたり。すぐそばの詰め所に下男と従騎士が控えてはいるものの、腰の曲がった老爺と年若い少年では心許ないというイヴェットの気持ちも、わからなくはない。

けれどマルーの安否を思うと、とても冷静にはなれなかった。

幸いにして老侍女は耳が遠く、眠りも深い。きっと今頃はシルフィアの不在にも気付かず、控えの間でぐっすり熟睡していることだろう。

（マルーもきっと、そんなに遠くへは行っていないわ）

元々臆病な小鳥だ。室内を飛び回っているうち、割れた窓硝子の隙間から誤って外へ飛び出してしまい、帰れなくなったに違いない。

「マルー。わたしよ、シルフィアよ。出てきてちょうだい」

いつものように優しく呼びかけながら、マルーがどこかの物陰に隠れてはいないか、木の枝で羽を休めてはいないかと、闇の中で必死に目をこらす。

なるべく早く見つけてやらないと、この凍えるような寒さに晒され続けたら、きっとあのか弱い小鳥は無事ではいられない。

その時、どこからか草をかき分けるような小さな音が聞こえてきた。ちょうど玄関の反対側――裏庭のほうからだ。

「マルー？　そっちにいるの？」

期待と共にそちらへ足を向けたシルフィアは、しかし、たちまち声と顔色を失ってしまう。

雨でぬかるんだ花壇。泥の上に不規則に散った大量の黄色い羽と、それを汚す赤い何か。

そして半分潰れたような無残な姿で息絶えた、小鳥。

「マ、ル……」

変わり果てた親友の姿に、シルフィアは凍りつく。

「うそ、うそ、嘘よ……。マルー、マルーッ！」

寝衣が汚れるのもかまわず花壇に踏み入り、湿った泥ごとマルーを拾い上げた。何度も懸命に呼びかけたが、氷のように冷たくなった小鳥は、シルフィアの手の中でぴくりとも動かない。

それでもまだ混乱した脳は状況を理解することを拒み、シルフィアは懸命に息を吐きかけ、マルーの身体を温めようとした。

そうすれば、もしかしてマルーが息を吹き返すかもしれない。いつものように元気に飛び回ってくれるかもしれないと信じて。

──そうして、どれくらいの時間が経った頃だろう。

「姫さま！　こんな夜更けにおひとりで……、一体何をなさっているんですか」

背後から耳慣れた声が響き、オレンジ色の光がシルフィアを照らす。

久方ぶりの灯りに目を細めながら振り向けば、そこにはシルフィアの護衛を務める従騎士の少年が立っていた。

夜の見廻りでもしていたのだろう。騎士団から支給される、分厚い黒の外套（がいとう）を身に着けてはいるものの、鼻の頭がうっすら赤く染まっている。

ずいぶん長いこと歩き回っていたのか、膝（ひざ）まである長靴は泥塗れになっており、下衣にも茶色い汚れが跳ねていた。

左手に角灯を持ったまま、彼は青い目を怪訝（けげん）そうに眇（すが）めてシルフィアへ近づいた。

「お送りしますので、風邪を引く前に部屋へ戻りましょう。でないとまた、イヴェット殿に叱（しか）られてしまいますよ」

窘（たしな）めながらも優しい少年の声に、気付けば両目からぽろぽろと涙が溢れ出し、視界を大きく歪（ゆが）める。

「でも、マルーが……。マルー、がっ……」

「姫さま？　あの小鳥が、一体どうし――」

言葉が不自然に途切れた。シルフィアの掌（てのひら）で息絶えている血まみれの小鳥に、彼もようやく気付いたのだろう。

「――ああ、かわいそうに。きっと野良猫にでも襲われたのですね」

優しく、傷心のシルフィアを労るような声だった。

彼は角灯を地面の上に置くと、手袋を嵌（は）めた手でマルーをそっと受け取る。そして懐から取り出した白いハンカチで、丁寧にマルーの身体を包んだ。

やはりぴくりともしないその姿に、強い悲しみが込み上げる。

マルーは死んだのだ。そしてもう二度と、あの美しい歌声を聞かせてくれることはない。

「わたしが……わたしが、きちんと鳥籠の鍵を閉めなかったからだわ。だからマルーは、わたしのせいで……」

「大丈夫、姫さまは何も悪くありません。どうかご自分を責めないでください」

「でも、わたしは呪われているんだって。赤い目のばけものだから、……だから不吉なことばかり起こるんだって、みんな言っているわ」

シルフィアの身の回りでこうしたことが起こるのは、実は今回が初めてではない。

以前にも、保護した子猫たちが数日後血にまみれた状態で見つかったり、変死した若い侍従の遺体が門前に転がっていたりしたこともある。

侍従は、シルフィアがここ最近よく会話するようになった相手だった。貴族とはいえ実家が貧しく、家族のため宮廷で一生懸命働いていると話していたのに――。

「そんなもの、口さがない者たちの下らない噂話です。姫さまがお優しい方だということは、誰よりも私が一番わかっています」

「でも……」

「姫さまは私の命を救ってくださった恩人なのですから、自信を持ってください」

跪いた少年の視線が、まっすぐにシルフィアを見つめた。

角灯の頼りない灯りの中でも彼の金髪は眩いきらめきを失わず、瞳はまるで月を抱いた海のような澄んだ青色に輝いている。

少年のことは大好きだけれど、こうして彼の目に映っている自分を見るのは苦手だ。自分の姿を映せば、美しい目が呪いで穢れてしまうのではないかと不安になってしまうから。

シルフィアは小さく俯いて、できるだけ彼の視線から逃れようとした。

「それとも、私のような下賤の者の言葉は信じられませんか？」

けれど苦笑交じりの声が聞こえ、はっと顔を上げる。少年の唇は笑みの形を作っていたが、どこか傷ついているようにも見え、慌てて何度も首を横に振った。

「そんなふうに考えたことなんて一度もないわ！」

誤解させたかもしれないという不安から少し大きな声で否定すれば、まだ逞しいとは言いがたい、それでも男性らしさを感じさせる硬い掌が、宥めるように背中を上下に撫でる。何か悲しいことが起こるたび、彼はこうしてシルフィアを優しく抱きしめ、慰めてくれるのだ。

イヴェットが見れば、ふたりの近すぎる距離感を注意していたことだろう。彼女は常に格式を重んじ、主従のなんたるか、淑女のなんたるかをシルフィアに教えてくれる。

それが大事なことだとわかってはいるけれど、シルフィアが本当に欲しいのは、従者からの主人に対する慰めではない。

「私もですよ、姫さま。姫さまが呪われているなんて、考えたこともありません」

「でも……マルーは……」

「きっと籠の留め具が緩んでいたのでしょう。運が悪かっただけです」

寄り添い、諭すような言葉と共に、少年が己の外套をシルフィアに着せかけた。優しいぬくもりは冷え切った身体だけでなく、傷ついた心にまで染み渡るようだ。

彼はいつだって、何も言わなくても欲しいものをくれる。だからシルフィアはつい、その言葉に縋ってしまうのだ。

「どうかもう、悲しいお顔をなさらないで。大丈夫、小鳥は私が土に埋めておきますから。日当たりのよい場所にお墓を作って、姫さまがいつでも会いに行けるようにしましょう」

「ん……」

「この小鳥も、姫さまには笑顔でいてほしいと思っているはずですよ」

シルフィアは手の甲で濡れた顔を拭う。まだマルーを失った悲しみで胸の奥が痛んでいるけれど、彼にそう言われると少し、心が軽くなったような気がした。

「さあ、館へ戻りましょう」

「……だっこしてくれる？」

少し甘えた声を出し、シルフィアは少年を見上げた。

イヴェットはあくまで使用人としての姿勢を崩さないし、父とも滅多に会うことができない。それだけに、シルフィアは唯一甘えられる存在であるこの護衛のことを兄のように慕っており、時折こうして我儘を口にしては、彼の反応を確かめるのだ。

そしてその我儘に、彼が応えてくれなかったことはない。

「イヴェット殿には内緒ですよ」

いつもそう言って苦笑をこぼしながら、年下の主人のおねだりを聞いてくれるのだ。

従騎士といえば、まだ正式に騎士の叙任を受けたわけではない見習いの身だ。とはいえ、さすが毎日厳しい訓練に精を出しているだけはある。

どちらかというと細身であるにも拘わらず、シルフィアを抱き上げる彼の手つきはとても力強い。

「……どこか怪我をした？　転んだの？」

シルフィアがそのことに気付いたのは、自分を抱えているのとは反対の手で、彼が器用に角灯を掲げ持った時だった。

白いシャツの袖口が、まだ乾ききっていない泥と血で汚れている。

「黴菌が入ったらいけないから、館に着いたら手当てをしましょう」

たとえ傷自体は小さくとも、悪い菌のせいで命の危険に繋がることもあるのだと、以前イヴェットから教わったことがある。

しかし傷の具合を見ようと伸ばした手は、袖口に触れる前に空を掻いた。

「姫さまのお手が汚れてしまいます」

そう言って彼は、角灯を持った手をシルフィアから遠ざける。

「それに、大丈夫。これは私の血ではありませんから」

「え？　じゃあ……」

「姫さまの御心を乱す害獣を駆除していたのです。泥も、その時についたものでしょう」

「もしかして、ネズミが出たの？」

問いかけに対して少年は曖昧に微笑んでみせただけだったが、シルフィアはほとんど確信していた。

五年ほど前にも、ネズミによって裏庭の菜園が荒らされていたことがあったのだ。あの時は下男とイヴェットがふたりで手分けして、毒餌やネズミ取り用の罠を仕掛けてくれた。おかげでそれ以降、ネズミによる被害はめっきりなくなったはずだが、また新しい巣ができていたのかもしれない。

当時まだ少年は宮廷に出仕しておらず、その騒動を知る由もない。口を噤んだのは、シルフィアがネズミを気味悪がって不快な気持ちになることを心配してくれたからだろう。

だからシルフィアも、あえてそれ以上追及する真似はしない。

「あなたが怪我をしたんじゃなくてよかったわ。いつも本当にありがとう。あなたには本当に感謝しているの」

少年はいつも、老いた下男ひとりでは行き届かないところもあるだろうと、積極的にさまざまな雑用もこなしてくれる。

けれど本来、彼の仕事はシルフィアの身辺警護や館周辺の見廻りをすることだ。ネズミ退治なんて、貴族出身の従騎士のやることではない。

「もっと人手を増やせれば、あなたも楽になれるのだろうけど……。ごめんなさい」

「いいえ、これも私の務めですから」

それは非力な主人に余計な気を遣わせまいとする、少年なりの優しさかもしれなかった。

けれど彼からこんなふうに気遣われるたび、シルフィアは少し寂しい気持ちになった。

少年との間に主従を超えた絆があると感じているのは自分だけで、彼のほうは単に義務として自分に仕えているだけではないかと考えてしまうから。

もしそうだとしても、シルフィアが寂しく思う資格などないのに。けれど。

「……ねえ」

しばらく無言で彼の首根っこに縋りつき、小さな振動に身を任せていたシルフィアは、勇気を出して小さく声を上げた。

「あなたは、マルーやあの子猫たちみたいに死んでしまわないわよね。ずっとわたしのそばにいて、わたしを守ってくれるわよね」

「姫さま……」

言い淀むような言葉の続きが拒絶であるかもしれないと思うと怖くて、シルフィアは遮るように言葉を重ねてしまう。

「約束して。あなたは絶対にいなくならないって。これから先もずっとわたしのそばにいて、絶対離れたりしないって……。お願いよ」

ずるい言い方だ。

彼は確かにシルフィアの護衛だけれど、一生そばにいて面倒を見なければいけないわけではない。ずっと、なんて不可能だとシルフィアもわかっている。

けれど一方で、主人からこんなふうに言われれば、従者である彼はきっと断れないだろうというずるい考えもあった。

「……約束します」

ふわりと鈴蘭(ミュゲ)の香りが漂い、少年期特有の少し掠(かす)れた声が耳を打った。

「私だけは何があっても姫さまのそばを離れません。一生、姫さまをお守りします。私は、姫さまだけの騎士なのですから」

長い沈黙の末に吐き出されたその言葉が、果たして彼の本心だったのかそうでないのかはわからない。

それでも今のシルフィアにとっては、縋(すが)りつく相手のぬくもりが——彼のくれる言葉だけが、確かな心のよすがだ。

しがみつく手に思いきり力を込め、シルフィアはより強く彼に抱きつく。

「ありがとう。大好きよ……」

「私も——好きですよ、姫さま」

暗闇の先を照らす角灯の灯りが、ほんの少しだけ小さく揺らめいた気がした。

一章　罪咎の証

視界の端で、多足虫が絡まり合ってうごめいている。

おぞましい光景から視線を逸らすため顔を反対側に背けたシルフィアは、鈍く光る鉄格子を見てため息をついた。

右を見ても左を見ても、ほこりっぽくカビ臭い独房の光景には気が滅入るばかりだ。

せめて空にまたたく星でも見られれば多少は気が紛れたのかもしれないが、高い位置に存在する小さな窓は、微かな月明かりを届けるだけで、少しもシルフィアの心を慰めてはくれない。

外は今、どうなっているのだろう。

夕刻まではこの場所にも大勢の人の声が届くほど騒がしかったが、夜も更けた今はすっかり静まり返っており、遠く牢館の崖下から川の流れる音が聞こえてくるだけだ。

（どうしてこんなことになったのかしら……）

薄汚れた毛布を隅（すみ）に追いやった石造りの寝台の上で、膝を抱えながら、もう何度目ともしれない自問をする。

（本来なら今頃は、とっくにこの国を後にしていたはずなのに）

今日はシルフィアの、十七歳の誕生日だった。

誕生日といえば誰しも特別の思いを抱くものだろうが、シルフィアにとってはそれに輪をかけて重要な一日となるはずだった。

なぜなら今日は祖国アルツェルンを離れ、義母の結んだ縁談のため、砂漠の大国ブルドゥへ旅立つ予定の日だったのだから。

けれど、世話になっていた修道院の人々への別れを済ませ、旅装に身を包んで待機するシルフィアの許（もと）へやってきたのは、義母が寄越した迎えの者ではなく大勢の騎士たちだった。

彼らは我が物顔で部屋に押し入ると、瞬（またた）く間にシルフィアとイヴェットを捕（と）らえた。

乱暴なやりように驚くシルフィアたちへ、彼らが冷めた声で告げた言葉が未（いま）だに耳にこびりついて離れない。

『シルフィア王女殿下。あなたには、女王陛下弑逆を企てた謀反人の共犯者として疑惑がかかっている。審議が終わるまで、侍女と共にその身柄を拘束させていただきます』

訳がわからないまま馬車に乗せられ、宮廷へ連れて来られたシルフィアは、そのまま侍女と引き離され独房へ押し込められた。

そして外から漏れ聞こえてくる看守らしき男たちの会話を繋ぎ合わせ、ようやく騎士たちの言葉の意味を知ったのだ。

父が謀反を起こした末に女王弑逆を企てたという、俄には信じられない話であった。

シルフィアの父ラマルディィエ公爵は、現女王ペトロネラの従弟であり配偶者だ。十五歳の時に一歳年上の従姉である彼女と血族結婚をし、以来、女傑と謳われる彼女を長きに渡って支えてきた。

ペトロネラの人気に隠れるようにして地味に過ごしてきた父だが、王配としての評判は悪くない。臣下からの信頼も厚く、誰にでも分け隔てなく優しい人格者と言われている。

しかしそんな父も、かつて一度だけ過ちを犯したことがあった。

それは十六年前、ペトロネラと父が共にブルドゥ帝国を訪問した際の話だ。

ブルドゥ帝はふたりのために盛大な宴を開き、豪勢な料理や伝統舞踏で歓待した。その中にひときわ踊り上手で美しい、奴隷の少女がいたのだそうだ。

黒髪に赤い瞳、滑らかな褐色の肌。伸びやかで長い手足と、均整の取れたしなやかな体躯。砂漠に咲く花のように美しい少女をペトロネラは大いに気に入り、ブルドゥ帝からその身柄をもらい受けた。そしてアルツェルンに連れ帰り、元奴隷としては身に余るほどの教育を受けさせ、自らの近侍として取り立てるほどに重宝したらしい。

けれど少女はその信頼を裏切り、女王の配偶者である父を誘惑し、肉体関係を持った。

そうして生まれたのがシルフィアだ。

大恩ある主君を裏切った報いか、母は出産してすぐに命を落とし、後には罪の証である乳飲み子だけが残された。

幸いにして女王は、生まれたばかりの赤子を放り出すほど冷酷な人間ではなかった。それが単なる憐れみか、あるいは別の理由があったのかはわからないが、彼女はシルフィアを養女として迎え入れ、自身の実の娘と同じように王女の称号も与えた。

けれど、夫が犯した不義密通の証を愛することはどうしてもできなかったのだろう。

シルフィアは物心つく前から宮廷の片隅で暮らし、ペトロネラとは片手で数えるほどしか会ったことがない。

――それが、宮廷で長きに渡って禁句とされている噂のあらましだ。

しかし、人の口に戸は立てられない。

牢館でひっそりと暮らすシルフィアの耳にも届くほど、それはあまりにも大勢の人々に知られた、有名な醜聞であった。

　下らない陰口だから耳を貸さないようにとイヴェットは言うけれど、その言葉でごまかせるのはほんの幼い頃までだ。七歳を迎えるか迎えないかの頃には、シルフィアはもう自身の置かれた立場をうっすらと悟っていたし、なぜ父が滅多に会いに来られないのかも理解していた。

　父のしたことは確かに重大な裏切りだ。教会の教えにも、配偶者には常に貞潔を守り、誠実であらねばならないと説かれている。

　けれど過去にどんな罪を犯そうと、シルフィアにとって彼はたったひとりの大切な父親なのだ。女王の手前、あまり表だってシルフィアを可愛がるわけにいかず、たまにしか会えないと言っていたけれど、いつだって優しく気遣ってくれた。

　父はとうに己の過ちを悔い、改心している。以降はずっと女王に寄り添い、誰よりも近くで彼女を支え続けてきたはずだ。

（それに、つい数日前お会いした時も、いつもとお変わりないご様子だったわ）

　左手首に結びつけた焦げ茶色の飾り紐に触れながら、先日の父の様子を思い起こす。

　一年前から宮廷を出て修道院で暮らしていたシルフィアにとって、父との再会は実に久しぶりだった。

彼は娘の新しい門出を祝福しに修道院を訪れ、この飾り紐をくれたのだった。

『これはお前がまだお腹の中にいる時、お母さまが自分の髪を断ち切って、毎日せっせと編んでいたものなんだよ』

父曰く、母の生国ブルドゥでは髪はとても神聖なもので、神の守護が宿る大切な場所とされているそうだ。そのためブルドゥの民は男女問わず幼い頃から髪を長く伸ばし、滅多に髪を切ることはないらしい。

髪の毛で編んだ飾り紐には特別な力が宿り、持ち主をあらゆる厄災から守ると言われている。だから、心から大切だと思う相手にしか渡さないのだ——と。

母は妊娠中、いつか我が子が年頃になったら、この飾り紐を渡そうと話していたらしい。しかし母は産褥で亡くなってしまったため、父が代わりに飾り紐を預かり、木箱に入れて長いこと大切に保管していたそうだ。

経年劣化のためか、元々黒だったはずの飾り紐はいつの間にか箱の中で焦げ茶に退色していたそうだが、母の真心が詰まったお守りを前にシルフィアは胸がいっぱいになった。

まだ生まれてもいない我が子のために、大切に伸ばしてきた髪に鋏を入れる。その事実を知っただけで、母の愛情の深さを垣間見た気がした。

『お前の母はきっと天国から、娘の幸せを祈っていることだろう。もちろん私も』

　そう言った父の声は涙に滲(にじ)んで、少し震えていた。

　異国に嫁(とつ)げば、もう一生会えなくなるかもしれない。シルフィアも父も、それをわかっていた。別れの抱擁(ほうよう)を交わした際、長いこと背を撫で続けてくれた父の優しい掌の感触を、今でも覚えている。

　そんな父が、女王を――己の妻を害そうとするなんてとても信じられない。

　きっと何かの行き違いがあったのだ。話せばわかってもらえるはず。

　そう思って独房の外に何度も呼びかけてみたが、うるさいと怒鳴(どな)られるばかりで、まともな返事はなかった。

　騎士たちは『共犯者として疑惑がかかっている』と言っていたが、これでは疑惑どころか罪人そのものの扱いだ。朝から閉じ込められているというのに食事は一度も運ばれず、壁の燭台(しょくだい)に火がつけられることもない。

　いくら元牢獄と貶(けな)されたところで、かつて自身の暮らしていたあの館がどれほど住みよく整えられた場所だったのか、こんな形で思い知らされるとは考えもしなかった。

　脱出しようにも鉄格子は重く頑丈で少し揺さぶった程度ではびくともしないし、鍵を壊せるような道具もない。

そもそもシルフィアにそんな度胸はないのだが。

けれど、この際せめてイヴェットだけでも、なんとか解放してもらえないだろうか。

今が初夏の比較的暖かい時期だったことは幸いだが、日の落ちた時間帯はさすがに肌寒い。老齢のイヴェットは、きっと辛い思いをしているだろう。

仮にも王女であるシルフィアでさえこれほど酷い扱いなら、一介の侍女の待遇がどのようなものであるかは、想像に難くなかった。

「あの、すみません……！」

寝台から立ち上がったシルフィアは勇気を出してもう一度、独房の外へ呼びかけてみた。半ば諦めていたが、数度呼びかけたところでようやく、軋んだ音と共に扉が開く。

現れたのは看守服に身を包んだ中年男性たちだった。四人いずれも大柄で、伸ばし放題に伸ばした髭と、いつ洗ったのかもしれないべたついた髪が特徴的だ。

シルフィアがこれまで接してきたどの人間とも、雰囲気が違う。

「何か用かい」

隻眼の看守が、独房内を手燭で照らしながら、濁った灰色の目をぎょろりと動かす。饐えた臭いとぞんざいな口調に面食らい、シルフィアはその場で数歩後退りしてしまった。

「お願いがあります。どうかわたしの侍女だけでも解放していただけませんか？　こんな場所で食事もとらずに過ごしていたら、彼女の体力ではとても耐えられません」

「そんなもん、俺たちの知ったこっちゃねェなぁ。お前さんたちは女王陛下を殺そうとした大罪人の共犯者だ。そんな願いを聞いてやる義理がどこにある？」

「父は……っ！　父はそんなことをするような人間ではありません！　わたしと侍女だって、何も……。お義母さまとお話しさせていただければ、きっとわかってくださるはずです！」

看守たちの粗暴な風体にたじろいでいたことも忘れ、両手を組んで懇願する。しかし必死の訴えに、彼らは肩を竦め失笑するだけだ。

「奴隷から産まれた娘のくせに、何が〝おかあさま〟だよ。大体、その女王陛下がついさっき、ラマルディエ公爵の処刑を決定したところなんだ。もう何を言っても無駄さ」

「な――」

「明朝、アンタの父親は斬首される。残念だったな、お姫さん」

せせら笑うように告げられた言葉に、目の前が真っ暗になり足下が崩れ落ちるような感覚に襲われる。

（そんなの、嘘）

あまりの衝撃に、喉を塞がれたような息苦しさを覚えた。

父の言う通り、ペトロネラは少々気難しそうな人ではあった。しかし、民たちが『天秤の女神』と呼ぶのも頷ける（うなず）ほどに凜（りん）とした、気高く美しい女性という印象だった。

弟のユリアスがシルフィアを嘲（あざわら）った際などは、自身の実子であるにも拘わらず、厳しく彼を叱りつけてくれたほどだ。どれほど憎んでいるかもしれない不義の娘に対して、頭さえ下げてくれた。

それほど公正な人が、証拠もなく無実の人間に罪を着せるとは考えがたい。

（だけど、それでは本当に、お父さまが謀反を――？）

看守たちの言葉を嘘だと拒絶したい気持ちもあるが、だとすれば今自分たちが置かれている状況に対する説明がつかない。

心の中が大きく揺れ、考えがまとまらず吐き気さえ込み上げてくる。俯きながら鉄格子に縋りつく、そんなシルフィアの胸中がわからぬはずもないだろうに、看守たちはあくまで楽しそうに話を続ける。

「最期（さいご）かもしれねぇから教えてやろう。お前の父親はな、女王陛下に斬（き）りつけようとしたんだよ。用意周到にも刃に毒を塗ってな。その毒ってのが、お前が住んでたあのみすぼらしい館の花壇にしか生えてない毒草で作られたものなんだそうだ」

「せっせと毒草を育ててたのに、無駄になって残念だったなァ。おおかた、〝王の娘〟になれるとでも父親から誑かされたんだろ。大それた夢を抱いて楽しかったか？」

そんなことは知らない。

確かに館には花壇があるが、毒草だなんてとんでもない。あそこにはシルフィアの専属騎士が丹精込めて世話してくれた、白くて可憐な花しか咲いていなかったはずだ。

しかしシルフィアがどんなにそれを訴えたところで、看守は聞く耳を持たなかった。うるさいと吐き捨て、ひとくくりにした黒髪を乱暴に摑み上げる。

毎晩湯上がりにイヴェットが薔薇水を塗り、艶が出るよう丁寧に保湿してくれていたそれが、ぶつぶつと音を立てて抜ける。

痛みに顔を歪めても、看守は髪を放してはくれない。むしろますます強く引っ張り、鉄格子越しにシルフィアの顔を間近で覗き込む。

「なあ、知ってるか。暗殺を未然に阻止したのは、アンタの護衛だった騎士さまだって話だ。名前はなんて言ったかな。確かオ、オルなんとか――だったかい？」

オルテウス。

心の中で呟いた名は、音にはならなかったはずだ。けれど自然と唇が動いていたのだろうか。看守たちが唇の端をつり上げ、黄ばんで欠けた歯を剝き出しにする。

「ああ、そうだそうだ。オルテウス……確かどっかの男爵だか子爵だかのご令息だって誰かが言ってたな。なかなか見上げた男じゃねぇか。自分の危険も顧みず、女王陛下を凶刃から守ったそうじゃないか」

「やっぱり泥船からは逃げるに限るねぇ。おかげで奴は、〝ばけもの王女の護衛〟から大出世。お偉い公爵家の婿になるって話もあるそうじゃないか。俺もその幸運にあやかりたいもんだぜ」

途端に顔色を失ったシルフィアを見て、看守たちが哄笑する。

彼らはシルフィアがばけものという言葉に傷ついたとでも思っているのかもしれないが、それは思い違いだ。

幼い頃から幾度も小石のように投げつけられ、そのたびに傷ついてきた言葉に、今更改めて傷つくほどシルフィアは子供ではない。けれどオルテウスの縁談をほのめかされ、平静でいられるほど大人でもなかった。

胸の奥がひりひりと痛み、嫌な耳鳴りがする。胸に手を当てれば、鼓動は常より倍ほども速く高鳴っていた。

彼を裏切り手放した自分に、悲しみ嘆く権利などあるはずがない。

シルフィアがすべきは、大切な元専属騎士を巻き込まずに済んでよかったと安堵し、素晴らしい相手との縁談を喜んで祝福すること。ただそれだけだ。

（なのにどうして、わたしはこんなに傷ついているの）

気を抜けば涙がこぼれてしまいそうで、けれどニタニタと野卑な笑みを浮かべる看守たちの前で少しでも弱みを晒したくなくて、唇が切れるほど強く噛みしめる。

だが、それが逆によくなかったようだ。

「気丈な女は好きだぜ。それにアンタ、よく見りゃなかなかの美人じゃねぇか。その気色の悪い目さえなきゃ、もっとよかったんだけどなァ」

髪に触れていた男の手が、そのままシルフィアの頬を撫で始める。

「いや……ッ！」

汗でじっとり湿った感触に全身が総毛立ち、シルフィアは咄嗟にその手を払いのけた。

思った以上に大きな音が鳴り響いたかと思えば、男の顔からみるみるうちに笑みが消えていった。

「てめェ……ばけもののくせに、よくも……！　ここを開けろ、ぶっ殺してやる!!」

鉄格子を両手で摑み血眼になって前後に揺らし始める男の姿に、喉から小さな悲鳴がこぼれた。シルフィアがどんなに力一杯揺さぶっても、鉄格子はびくともしなかったはずなのに。耳障りな金属音が絶え間なく鳴り響くさまに、看守と自分との力の差を嫌というほど思い知らされる。

「おい、やめとけ」

「あ？　お前ェは黙ってろ」

「まあ落ち着けって。処刑前に殺したら、俺たち全員お咎めをくらっちまう。そんなことよりよぉ……」

他の看守が止めに入ったことで覚えた安堵は、一時的なものだった。

四人の男たちの視線が一斉にシルフィアに注がれ、本能的な恐怖に後退りをした瞬間。

「女を痛めつけるには、もっといい方法があるだろう？」

絶望を告げる一言と共に、独房の鍵が無機質な音を立てた。

咄嗟に看守たちに背を向けたが、狭い独房内で逃げ場などあるはずもない。あっという間に羽交い締めにされ、寝台の上に押さえつけられる。

「――いやっ、いやぁッ!!」

世間知らずの身とはいえ、この後何が起こるかわからないほど愚かではない。シルフィアは無我夢中で手足を暴れさせ、なんとか男たちの拘束から抜け出そうとする。

しかし、そんなものは無意味だとすぐに思い知らされた。

「ちっと痩せすぎだが、胸に全部栄養がいっちまったのか？」

「やらしい身体だなぁ」

「ひっ……」

舌なめずりと共にドレスの上から左右の胸をきつく摑まれ、握りつぶされるような痛みで目に涙が滲む。あまりの恐怖に歯の根が合わず、かちかちと小さな音を立てた。

「ほら、足開け。力抜けって。最後にいい日を見させてやるよ」

ドレスの裾から手を差し入れられ、意識がふっと遠のきかけた。男たちの声が意味をなさぬ音の羅列にしか聞こえなくなり、それなのに、ごうごうと遠くで川がうねる音だけがやたら鮮明に響いていた。

『あの川底には、恐ろしい怪物がひそんでいるんだよ』

ふと、遠い昔に父が言っていた言葉を思い出す。

『怪物は真っ黒いなりをしていて、昼は川底にじっと姿を隠している。けれど夜になると、闇に紛れて人間を食べに来るんだ』

ああ、きっと目の前の男たちが、その怪物なのだ。

先ほどまで確かに人間の姿をしていた彼らの、顔も身体も真っ黒に塗りつぶされて、口の部分だけぽっかりと赤い穴が空いていて。シルフィアにはもう、己を喰らう恐ろしい怪物にしか見えない。

「オル……」

「何をしている」

無意識に彼の名を呼んだのと、低い声がその場に響いたのはほとんど同時だった。

身体の芯から凍えさせるような冷たい声に、霞みかけていたシルフィアの意識がたちまち現実に戻る。

圧しかかっていた男たちが一斉にシルフィアの上から退き、その向こう側からひとりの青年が現れた。人目を忍ぶよう黒い外套のフードを目深に被り、同じく漆黒の仮面で顔の右半分を覆い隠しているものの、見間違うはずもない。

この一年、会いたくて会いたくてたまらず、何度も夢に見た相手。

かつてシルフィアの護衛を務めた騎士、オルテウスがそこに佇んでいた。

「囚人に対する暴行は看守の仕事ではないはずだが」

一年ぶりに聞く声は、以前より更に凛として聞こえた。

「いやっ、こ、これは……！　誤解ですぜ、騎士の旦那！」

「そ、そうそう。この女が何か隠し持ってるようなそぶりを見せたんで、俺たちは安全のために……!!」

看守といえば、この国では最下層の身分の者が就く職業だ。一方、騎士の称号は貴族出身者にのみ与えられるものだ。

自分たちよりいくつも年下の相手であるにも拘わらず、看守たちの狼狽えようは凄まじかった。次々と言い訳を口にし、おもねるような愛想笑いを浮かべている。

オルテウスはそんな彼らにはもはや見向きもせず、外套の裾を翻しながらまっすぐシルフィアの許へ歩いてきた。

暗い牢獄の中、黄金色の髪が微かな月明かりを弾いて、きらきら輝いている。

「お久しぶりです。お迎えに上がるのが遅くなって、申し訳ありません。——姫さま」

汚れた独房の床に、彼は躊躇いもなく膝をつく。一年ぶりに聞く優しい声が、昔から変わらぬ呼び名を紡いだ。

少し、背が伸びただろうか。声も低くなった気がする。

けれどシルフィアを見つめる眼差しの柔らかさは、以前とまったく変わっていない。

「可哀想に、こんな酷い目に遭わされて。早くここを出ましょう」

深い安堵に声も出せないでいると、オルテウスは自身の外套をシルフィアに着せかけ、そのまま軽々と横抱きにする。

逞しい腕が膝裏と腰とを支え、そのぬくもりによって凍りついた心がゆっくり溶かされていくようだ。小さい頃そうしていたように、シルフィアは自然と彼の首裏に手を回し、力を込めてしがみつく。

独房を後にしても看守たちが追いかけてくることはなく、その後も幾人かとすれ違ったが、オルテウスを呼び止める者はひとりとしていなかった。

堂々と廊下の中央を闊歩する彼に、誰もが頭を下げ、急いで道を空けるのだ。

しばらくの間、彼が助けに来てくれた喜びと看守たちの魔の手から逃れられた安堵に浸っていたシルフィアだったが、いくつかの扉を通りすぎたところで、ふと我に返った。

「駄目よ、オルテウス。下ろして」

「——なぜですか？」

彼は願いにすぐに応じてくれたものの、探るような訝しげな表情でシルフィアをじっと見つめる。

「わたしが逃げたら、罪を認めたも同然と見なされるわ。そうなったらイヴェットはどうなるの……？　それにお父さまが女王陛下を、お義母さまを殺そうとしたなんて、信じられない」

「姫さま、落ち着いてください。女王陛下の許可は得ていますし、イヴェット殿は既に、私が安全な場所までお連れしております。ですが、お父君のことは——」

「お父さまがお義母さまを殺そうなんて、そんなことなさるはずない。だって……だって、お父さまはいつだってお義母さまをおそばで支えてきたもの」

歪な笑みを浮かべている自覚はあった。それでもオルテウスが頷いてくれることを期待し、縋る気持ちで彼を見つめた。

それなのに返ってきたのは、静かな否定の言葉だ。

「……ラマルディエ公爵は確かに、女王陛下に刃を向けたのです。私はこの目で、その光景を見ました。到底、赦される罪ではありません」

「嘘よ！　あの優しいお父さまがそんなことをなさるなんて、信じないわ」

彼だって知っているはずだ。父がどんなに思いやり深い人で、日陰者だった娘にも愛情を注いでくれたか。シルフィアの専属騎士として過ごしている間、何度も目にしてきたはずではないか。

それでも語尾が弱々しくなっていったのは、目の前の青い瞳が徐々に怒気を孕んでいくのに気付いたからだ。こんなに怖い顔をしたオルテウスを、シルフィアは今まで見たことがない。

「姫さま。人は目的のためなら、簡単に嘘をつけるのですよ。好きでもない相手に好意を寄せているふりをしたり、あるいは憎んでいる相手に優しくしたりもできるのです」

「でも……そんな」

「私の言葉は信じるに値しませんか。父親のことは無条件で信じるのに」

突き放したような冷たい物言いに、視界がぼやけていく。

「そうじゃないの。でも……」

呆れたような短いため息が聞こえた。

シルフィアはとうとう顔を覆い、かぶりを振りながら童女のように泣きじゃくり始める。

オルテウスが嘘をついていると思っているわけではない。だけど、父が重罪を犯したというのも、とても信じられないのだ。

何を信じていいのかわからず、心の中が千々に乱れていた。

「お父さまに会いたい。お父さまのところに連れていって……。お願いよ、オルテウス」

子供のような振る舞いをしている自覚はあった。

けれどせめて父の口から話を聞くことができれば、何かが変わるかもしれない――話を聞く中で何か、父が無実である証拠を見つけられるかもしれない。

そんな、藁にも縋る思いだった。

返事があったのは、シルフィアが嗚咽をこぼし始めてしばらく経った頃だった。

「……わかりました。ですが、姫さまには辛い思いをさせることになると思います。それでもよろしいのならば」

淡々と告げるオルテウスに、シルフィアは何度も頷いてみせる。

父が真実罪を犯したにしろ、このまま一度も顔を合わせぬまま別れが来ることより辛いことなどないと――そう信じていたから。

§

いくつもの居房が立ち並ぶ牢獄棟から外に出ると、いかにも初夏らしい瑞々しい風がシルフィアを出迎えた。長いことカビ臭い空気を吸っていたせいか、爽やかで少し苦い若草の香りが殊更に気持ちいい。

訳もわからず連れてこられた際はのんびり観察する暇などあるはずもなかったが、改めて見ると、意外にも牢獄棟の外観は瀟洒な屋敷といった風情だった。宮廷の景観を損なわないためだろうが、周辺の芝は美しく刈られ、花壇には慎ましやかにラベンダーが咲いている。

オルテウスが足を止めたのは、牢獄棟に寄り添うようにして佇む、小さな建物の前だった。

一見すると物置小屋と言われても頷けるほど質素な木造建てで、周囲を歩いていても誰も気に留めないような、ひっそりとした雰囲気だ。

小屋の前には黒ずくめの男が三人、影のように佇み扉を守っている。腰に剣を佩いているが、宮廷に出仕している騎士にしては小柄で、年もいきすぎているように思えた。

彼らはオルテウスを見るなり無言で頭を下げ、予め示し合わせていたかのように扉の錠を解いた。シルフィアの存在に気付いていないはずはないが、そのことについて触れようともせず、表情さえ変えないのがなんとも不気味だ。

音もなく、扉が開かれる。

向こうに小さな部屋が広がっていると思っていたシルフィアは、目前の光景に驚いた。小屋の中にはただ、地下に繋がる階段が存在しているだけだった。

「暗いので足下にお気をつけください。外套の裾を踏まないように」

男たちから角灯を受け取ったオルテウスが、シルフィアの手を引き、気遣いながら慎重に階段を下っていく。

シルフィアは外套の裾をからげながら、転ばないよう必死でついていった。

階段はまっすぐではなく円を描くように曲がりくねっていて、周囲の暗さも相まって、まるで地下迷宮にでも迷い込んだような心地にさせられる。

角灯の灯りが届くのはほんの目と鼻の先だけで、闇に強いシルフィアでも、少し気を抜いただけで上下左右の区別がつかなくなってしまいそうだ。

一段一段、下っていくごとに闇が深くなり、足下から絡みつくような寒気が這い上がってくる。オルテウスの長靴が石の階段を叩く音だけがやけに長く響き渡り、静寂をより強く際立たせた。

少しでも足を止めれば、どこからか伸びてきた手に摑まれ闇に引きずり込まれるかもしれない。そんな子供じみた妄想に自分自身で恐ろしくなり、繋いだ手に自然と力がこもった。

永遠に続くかと思われた螺旋(らせん)階段だったが、やがて最後の数段に差しかかる頃、目の前に大きな扉が現れる。牢獄棟で見たどの扉より重く頑丈そうな、鉄製のものだった。

「この先はフードを被ってください」

小屋の中に足を踏み入れて初めて、オルテウスが口を開いた。

「お顔を見せたり、お声を聞かせたりすることのないよう約束してくださいますか」

——誰に？　この中にいるのは父ではないのか。

そんな疑問を口にすることすら許されないほど真剣な目つきと声音に、シルフィアは首肯することしかできなかった。

言われるがまま外套のフードを被り、オルテウスが扉を開けるのを見守る。

軋むような音と共に扉が開き、その隙間から蝋燭(ろうそく)の光が溶けるようにこぼれ出した。

――そうして視界に飛び込んできたものに、シルフィアは彼から言われていたことも忘れ、思わず悲鳴を上げそうになった。あるいは実際に声を出してしまっていたかもしれないけれど、自分でもわからなくなるほどに、それはあまりにおぞましい光景だった。

鉄格子で区切られたこぢんまりとした部屋に、一組の男女がいる。互いに一糸纏わぬ姿をしており、茶色い絨毯の敷かれた床の上で四つん這いになって折り重なりながら、獣じみた声を上げていた。

壁掛け燭台に煌々と照らされた室内には、人ひとりが生活するには申し分ないほどの設備が整っている。書架に机、椅子、洗面台。もちろん寝台も存在しているというのに、ふたりはそちらには目もくれない。

女は艶やかな黒髪を腰の辺りまで伸ばしており、奇妙なことに幅広の布で目隠しをされていた。

張りのあるしなやかな身体つきを見る限り、年の頃は二十になるかならないかといったところだろう。背後から覆い被さる男が腰を動かすたび、ほっそりした腰つきとは正反対の豊かな乳房が、ぶるぶると激しく揺れている。

涎をこぼし喘ぐさまは苦しそうなのに、なぜか女の赤い唇は弧を描き、もっともっとと甘い懇願を繰り返す。

そして男のほうは――信じられないことに、そこにいたのはシルフィアの父だった。

一昨日顔を合わせた時と比べ、驚くほどやつれた印象だ。目の下には濃いクマが浮かび、いつも綺麗に整えられていたはずの茶髪は汗でべったりと湿って、額やこめかみに張りついている。虚ろな目は白い部分が黄色く濁って血走っており、生者とも思えぬほど暗く淀んだ色をしていた。

父は扉が開いて人が入ってきたのに気付くこともなく、無我夢中で腰を振り続けている。腰を振るたび、ぐぼぐぼと鳴り響く奇妙な音はなんなのだろう。

まるで小さな子供が素足で泥の中を歩き回っているような音だが、シルフィアにはその正体がなんなのかわからない。

「あっ、アッ、おぁっ……あぁ……ッ！」

「お、お。よい、よいぞ……っ」

女が歓喜の声を上げるたび、父が満足そうな笑い声を上げる。その声はすっかりかさつき、老人のように嗄れていた。

（これは……何？　この人は、一体誰なの）

あまりの衝撃にまばたきも忘れ、石のように固まったまま愕然として父と女の行為を見つめる。

こんな父を、シルフィアは知らない。

こんな、我も忘れて欲望を剝き出しにし、なりふりかまわず女を貪る父など。

世界で最も醜悪な悪夢を見ている心地だった。しかし本当の悪夢は、その直後に起こった。

「あぁ、愛している。シルフィア、シルフィア、シルフィアァ……ッ」

恍惚と、父の唇から紡がれたその名に、シルフィアは鋭く息を吞む。

全身の血が一瞬で凍りついた気がした。鼓動がひとつ、大きく音を立てたかと思えば、胸を突き破ろうとするかのように激しく高鳴り始める。

(今、なんて……)

聞いてはいけないと思うのに、気付けば固唾を吞んで父の言葉に耳を澄ませていた。

「ああん、いぃ、気持ちいいよぉ……っ、公爵さまぁ……っ」

突如、父が目を剝いた。

「なんだその呼び方は！　〝お父さま〟だろう!?」

間髪いれず打擲音が鳴り響く。一度や二度ではない。繰り返し繰り返し女の尻を叩きながら、目尻をつり上げ激昂する父の姿からは、普段の穏やかさは欠片も感じられない。

「お前は、いつからそんな悪い子になった!?　お父さまの言いつけをっ、守れない悪い子には……っ、お仕置きだ！」

「ひぃぃっ！　いっ、アァッ」

「ほら、呼ぶんだ！　お父さまと呼びなさい!!　呼べ、呼べっ」

「おっ……、あっ、ンいぃっ、ぃひぃぃッ！」

女が金切り声を上げるたび、彼女の白い臀部が赤く染まっていく。皮膚が裂けてしまうかもと心配になるほどなのに、父は一切力を緩めることをしなかった。

暴力をふるっているというのにその表情は恍惚とし、瞳の奥には爛々とした炎が燃えたぎっているよう。

痛みに耐えかねてか、とうとう女が『お父さま』と口にするまでその暴挙は止まらず、ようやく望み通りに呼ばれた父は、先ほどまでの激昂が嘘のように甘ったるい笑みを浮かべた。女に向ける眼差しは、恋人か伴侶を見つめるそれだ。

「シルフィア、可愛いシルフィア……。ああ、痛かっただろう、すまない。けれどこれは、お前を愛しているからこそなんだよ」

父の指先が女の髪を優しく撫でる。シルフィアと同じ、まっすぐな黒髪を。

「本当に、お前は亡きサーフィーヤにそっくりだ」

父が口にしたのはシルフィアの生母の名だ。ブルドゥの名前をこちら流の発音にし、産まれた娘にそのまま名付けたのだと聞いている。

　父は顔を合わせるといつも、シルフィアの髪を撫でていた。正面から顔を覗き込み、お前はお母さまにそっくりだ、髪も目の色も同じだと、嬉しそうに笑って。

　シルフィアはそれを、親から子へ向ける愛情ゆえの行為と信じ、無邪気に喜んでいた。

　だけど。

　だけど、本当は――。

　ぞくりと、背筋が冷えた。

　もうこれ以上、父の姿を見たくない。言葉を聞きたくない。

　それなのにシルフィアは目を閉じることも耳を塞ぐこともできず、根が生えたようにその場に立ち尽くしてしまう。

「お前を産んだと同時に彼女が亡くなった時は途方に暮れたが、これほどまで生き写しに成長してくれるとは……。なんと親孝行な娘なのだろう。お父さまは嬉しいよ……！」

　――可愛いシルフィア。

　――サーフィーヤにそっくりだ。

　――なんて親孝行な娘なのだろう……。

　なぜ父がこれまで自分に優しくしてくれていたのか、その真意を今、唐突に理解した。

ぐにゃりと視界が歪み、身体の均衡が大きく崩れる。よろめいたはずみで、シルフィアは迂闊にも、足下に落ちていた硬い何かを蹴り飛ばしてしまった。

りんりんと甲高い音が長いこと鳴り響き、やがて背後の鉄扉にぶつかって止まる。

看守が置き忘れていったものか、あるいは父のために用意されたものかはわからないが、そこには小さな呼び鈴が転がっていた。

息をするのも忘れしばらく呼び鈴を見つめていたシルフィアは、視線を戻した直後、咄嗟に両手で口元を塞いだ。父が、表情の抜け落ちたような顔をこちらに向けていた。

落ちくぼんだ目が、シルフィアとオルテウスを長いこと見つめる。

フードを目深に被った娘の正体には気付かなかったようで、すぐ、興味が失せたように視線を逸らされた。

しかし視線がオルテウスに移った瞬間、父はなぜか女を放り出し、勢いよくシルフィアたちのいるほうへ向かって駆け出した。

一糸纏わぬ姿を躊躇いなく晒す父の姿に、とうとうシルフィアも悲鳴を堪(こら)えきれなかった。しかし幸か不幸か、父の激しい怒鳴り声によって、その悲鳴は掻き消される。

「貴様ァァァ！」

父は鉄格子の隙間から手を伸ばし、オルテウスへ摑みかかろうとした。しかしそれが叶わないと知るや、唾をまき散らしながら、檻に入れられた猿のように鉄格子を大きく揺さぶって軋ませる。

「よくも私を陥れたな、この汚らわしいっ、下賤の野良犬めが！　貴様のような者を大切なシルフィアの護衛にしたのがそもそもの間違いだったのだ！　シルフィアはどこだ！　私の娘をどうするつもりだァッ」

　あんなにも虚ろだった目には今やぎらぎらと獰猛な光が宿り、青白かった顔にはすっかり血が上って紅潮していた。

　隙あらばすぐにでもオルテウスを縊り殺さんばかりだ。

　シルフィアの位置からは狂ったように暴れる父の姿しか見えず、オルテウスの表情まではわからない。ただその声は淡々と落ち着いて、この壮絶な状況に少しも動じていないことが感じ取れた。

「殿下、お気をお鎮めください。シルフィアさまはご無事です。私が邪悪な魔の手からお救いすると、お伝えしたでしょう」

「貴様の戯れ言など信じられるものか！　シルフィアは私のものだ、貴様になど渡さぬ！　渡さぬぞッ」

「……ああ、錯乱状態に陥っておられるのですね。大丈夫、後ほど侍医を寄越しますから。

きっと、よく効く薬を処方してくれるはずです。女王陛下も、殿下を案じて――」

「うるさいっ、うるさいうるさいっ、貴様もあの高慢女も信じられるものか！　ふたりして私をこのような場所に閉じ込めおって！　薬と偽り、この私を毒で殺そうとしておるのだろう！　その手には乗らんぞ！」

父は完全に正気を失っていた。己の妻を高慢女と吐き捨て、毒を盛られているという恐ろしい妄想にとりつかれている。常軌を逸した言葉の内容はどこをとっても支離滅裂で、本人ですら意味を理解しているかどうか。

オルテウスもそれをわかっていてか、父に向ける声は幼子を宥めるように優しかった。

「姫さまのことは私がお守りするので、ご心配なきよう。――さあ、まいりましょう」

前半は父に、そして後半はシルフィアへ向けられた言葉だ。

オルテウスは衝撃のあまり棒のように立ち尽くすシルフィアの背に手を添え、扉の向こうへ導く。

鉄の扉が重い音と共に閉まった。

それでもまだ、父は叫び続けていた。

「待てぇぇっ！　殺してやる！　貴様を殺してやる！　シルフィアを返せ！　赦さぬぞ、オルテウス――――！」

地獄の業火(ごうか)に炙(あぶ)られているかのごとき絶叫。鉄格子を蹴破ろうとする金属音。

父の吐く呪詛(じゅそ)に心臓が凍え、全身から体温が失われていくのを感じた。

手足が震えている。

酷い耳鳴りがする。

目の前で砂嵐でも起こったかのように、視界が荒く霞む。

（お父さまは、わたしを……わたしを……）

ふっと、身体の力が抜ける感覚があった。傾く身体をすかさず逞しい腕が支え、清潔な鈴蘭の匂いが香る。

「姫さま……ばけもののような男に執着されて、可哀想な姫さま」

泣いているような、嬉しそうな、奇妙な響きを持った囁(ささや)きが耳を打つ。

違う、お父さまはばけものなんかじゃない。

その言葉は、終(つい)ぞ音となることはなかった。

「もう、絶対に手放さない」

低く静かな呟き。

それを最後に、シルフィアは意識をゆっくりと手放した。深く、深く、闇に引きずり込まれていくように——。

二章　主従の契り

その日、シルフィアは朝から落ち着かない心地で過ごしていた。

何せ今日はシルフィアが初めて、自身の警護を受け持つ騎士を迎える日だからだ。

王の子は七歳の誕生日を迎えた折、騎士団から選出された専属騎士を与えられることが決まっている。

姉のグリシエラには既に十人もの騎士がついており、二歳下の弟ユリアスにも、今年の誕生日に三名の専属騎士が与えられた。けれどシルフィアの許には八歳を過ぎた今もまだ、ひとりも騎士が配属されないままだ。

そんなシルフィアのことを、父はいつも憐れんでいた。

姉と弟は王宮の広々とした一室をそれぞれ与えられ、護衛だけでなく大勢の使用人に傅かれて、何不自由のない生活を送っている。

高価な布地をふんだんに使った色鮮やかな衣装。宝石箱にしまい込めないほどのたくさんの装身具。食卓には毎日食べきれないほどの贅沢な料理が並び、午後の茶会では色とりどりの豪華な菓子が振る舞われるのだそうだ。

一方のシルフィアはと言えば、陰気な館で老侍女とたったのふたり暮らし。衣食住は保証されているものの、父の言う王女らしい贅沢とはほど遠い毎日を送っている。

けれどシルフィア自身は、特に今の暮らしに不満を抱いたことはない。

イヴェットは少し気難しいところもあるけれど、女王の元侍女としての教養を生かし、シルフィアが生きていく上で必要な色々なことを教えてくれる。しかも料理上手で、仔羊のシチューを作らせたら絶品だ。

近くの詰め所には、雑用を一手に引き受けてくれる気さくな老下男が住んでおり、時折シルフィアのために、動物を模した木彫りの人形を持ってきてくれる。

父と共に暮らせないのはもちろん寂しいけれど、元々は生まれ落ちたその瞬間に、どこかへ放り出されても文句の言えない立場だったのだ。

女王ペトロネラの寛大な心と温情によって養女として迎えられ、宮廷の片隅に住まわせてもらっている。毎日、好きな本を読むことも暖かい寝所で眠ることもできる。

それだけで、生さぬ仲の娘にとっては望外の幸せなのである。

しかしそんなシルフィアも、専属騎士という存在には以前から密かに憧れを抱いていた。

きっかけは昔、姉のグリシエラが気まぐれに牢館へ立ち寄り、己の騎士たちをシルフィアに披露したことだ。

『見て。皆、とても美しいでしょう。ここにいる全員がわたくしに忠誠を誓った、わたくしだけの騎士なの。ずっとそばにいて守ってくれるのよ』

姉が自慢げに紹介したのは、全員が明るい髪色をした、背の高い若い騎士たちだ。黒い騎士服と銀色の剣を身につけており、胸元には王族専属騎士の証である星の紋章が輝いていた。母譲りの美貌を謳われるグリシエラと並んでも遜色ないほどに、見目麗しい青年たちである。

この国では王位継承権は長子相続制で、次期国王はグリシエラと決まっている。騎士たちはいずれも世嗣の護衛にふさわしい気品ある佇まいをしており、グリシエラをまるで女神のように恭しく扱っていた。

『お母さまはいずれこのうちのひとりを、わたくしの伴侶にと考えているそうよ。あなたも素敵な騎士を与えていただけるといいわね。まあ専属騎士がついたところで、どうせユリアスのおこぼれでしょうけど』

グリシエラも彼女の騎士たちも気の毒そうに笑っていたが、シルフィアの耳にその言葉はほとんど届いていなかった。

忠誠だとか伴侶だとか言われても、幼いシルフィアにはあまり理解できない。けれど姉が口にした、ずっとそばにいて守ってくれるという言葉には強く惹かれてしまう。

（もし、わたしのところにも騎士が来たら。お友達になってくれるかしら）

牢館で暮らすシルフィアの話し相手は、イヴェットと下男。そしてたまにやってくる父だけだ。ごく稀にグリシエラとユリアスが思い出したように訪ねてくれるけれど、大抵一方的に話を終え去っていくだけで、決して長く留まろうとはしない。

そんな寂しい生活に耐えかね、シルフィアはかつて一度だけ、イヴェットに黙って王宮のそばまで行ってみたことがある。

王宮にはたくさんの人々がいると聞くし、もしかしたら同じ年頃の子供に会えるかもしれない。あるいは、父と久しぶりに話ができるかもしれないと思ったからだ。

結局、シルフィアの不在に気付いたイヴェットと下男によってすぐに連れ戻されたけれど、どこから耳に入ったのか、その話を知ったペトロネラが激怒したそうだ。

彼女は女官を通じて、二度とシルフィアを王宮に近寄らせないようにと厳命した。できる限り牢館から離れぬよう過ごさせ、人前に姿を現させせぬようにと。

義母から初めてはっきり拒絶されたことも悲しかったけれど、それ以上に辛かったのは、イヴェットたちが叱られてしまったことだ。

自分が勝手な行動をしたら、周りに迷惑をかけてしまうという事実は、幼いシルフィアにとって忘れられない教訓となった。

以降、シルフィアは決して牢館から離れることはせず、そのせいで友達と呼べるような相手はひとりもいなかった。

（お姉さまやユリアスのように専属騎士がいたら、その人はずっとそばにいてくれる。そうしたら、たくさんお話をしてお菓子を振る舞って……一緒にお散歩にも行きたいわ）

イヴェットが作る焼き菓子はとても美味しいから、誰だって気に入ってくれるはず。

シルフィアも王族の末席に名を連ねる者として、客人をもてなすための作法はひと通り習っていた。

頻繁にそんな夢想をしていたものだから、父がペトロネラを説得し、ようやく騎士を迎えられることになったと聞いた時は、天にも上る心地だった。

日に何度も、これは夢ではないかと頬を抓って確かめる姿に、とうとうイヴェットから叱られてしまうほどに。

王族に護衛が配属される際、従来ならば王が優秀な騎士の中からふさわしいと思う者を宛がうのだが、生憎ペトロネラは養女のための騎士を見繕うつもりはないらしい。

その代わりに、誰でも気に入った騎士を選んでいいと父に言われたのが、一週間前のことである。だからシルフィアは、騎士たちが実際に訓練しているところを見学したいとねだった。

騎士たちの訓練場は牢館から遠く、馬にでも乗らないと到底たどり着けない場所にある。これから先、一生見学する機会なんてやってこないかもしれない。

それに、初めて自分だけの騎士を迎えるのだ。できれば自身の目で確かめて、選びたい。

父はシルフィアを訓練場へ連れていくことを渋っていたけれど、懸命に頼み込んだ甲斐もあり、最終的には頷いてくれた。

そして今日、ようやく、待ち望んだ日を迎えたのである。

空が白み始める前から起き出したシルフィアは、イヴェットの手を借りて念入りに身支度を整えた。何せ自分に仕えてくれる騎士を探しに行くのだ。少しでも初対面の印象をよくしておきたい。

手持ちの中で最も上等なドレスを身に着け、綺麗に梳（くしけず）った髪を白いリボンで飾る。

けれど仕上げとばかりにイヴェットからヴェール付きの大きな帽子を被せられ、浮き立った気分がほんの少し沈んでしまった。

「ねえ、イヴェット。どうしてもこの帽子、被らないとだめ？　せっかくのいいお天気なのに、前が見えにくいわ」

「なりません。姫さまのそのお母さま譲りの瞳は太陽の光に弱く、保護していないと目を傷めてしまいますと、何度も申し上げたでしょう」

「……そうよね。うん、わかった」

本当は帽子を置いていきたかったけれど、イヴェットの言葉が心配からくるものであることはわかっていたし、何より、ここで駄々をこねたら外出を取り消されてしまうかもしれない。

シルフィアは聞き分けよく頷き、父の迎えを待った。

§

牢館の扉が叩かれたのは、朝食を終えてしばらく経ってからのことだった。

イヴェットが扉を開けると、そこには若い侍従を三人従えた父が立っていた。柔らかそうな焦げ茶色の巻き毛と、同じ色の目をした、穏やかな雰囲気の三十がらみの男性だ。

「お父さま！」

父の姿を見るなりシルフィアはぱっと駆け出し、体当たりするように抱きついた。父はどちらかというと細身だが、シルフィア程度の体重ではびくともしない。

娘の身体を難なく抱き留めると、嬉しげに笑う。そうすると元々垂れ気味の目尻が更に下がって、とても柔らかい印象になるのだ。

「私の可愛いシルフィア。元気にしていたかい？　今日は一段とお洒落さんじゃないか」

「せっかく護衛を選びに行くのだから、きちんとしたくて……。イヴェットがグリシエラお姉さまのドレスを手直ししてくれたの。わたしには少し大きかったから」

少し照れくさくなりながら、シルフィアは小さな声で説明する。

シルフィアの衣服は月に一度、女王の命を受けた使用人が運んできてくれるのだが、そのほとんどは修道女が身に着けるような質素なワンピースだ。

しかし時に、姉の不要になったドレスが混じっていることもあった。いずれもフリルやレースの装飾が華やかな、明るい布地で仕立てたものだ。牢館で生活する上で、簡素な服装で困ったことは一度もないが、それでも華やかなドレスに憧れがないわけではない。お古とはいえ姉が下げ渡してくれるドレスはどれも新品同様に綺麗なものばかりで、シルフィアはそのたびに、姉への手紙に感謝の気持ちをしたためるのだった。

今着ているものもそのうちの一枚だ。ふんわり膨らんだ袖と、裾に施された花模様の刺繍がとても可愛らしい、クリーム色のドレスである。

「お人形のように可愛らしくて、よく似合っているよ。お前たちもそう思うだろう」

父に問われ、侍従たちが次々とおもねるような言葉を口にする。愛想よく微笑んではいるものの、その実、シルフィアと決して目を合わせようとはしない。

（仕方ないわよね……）

小さく痛む胸を、シルフィアは服の上からそっと押さえた。

侍従たちは父に仕えてはいるが、今この国で最も貴い人物はペトロネラで、彼らにとって本当の主君は彼女だ。

そのペトロネラは、シルフィアを厭っている。

表だって辛く当たられたり、また陰で悪口を言われたりといったことはないが、牢館に住まわせ無関心を貫いているさまを見れば一目瞭然だ。だから宮廷にいる人たちが自分を嫌うのも仕方がないのだと、シルフィアは幼心に、自分にそう言い聞かせていた。

§

常にどんよりとした気配が立ちこめている牢館を一歩離れると、そこには宮廷の庭園らしい、美しい景観が広がっていた。

　澄み渡った秋の空は鱗雲(うろこぐも)に覆われ、白い絵の具を薄く伸ばした青い画布を思わせる。

　よく手入れされた花壇にはクレマチスや桔梗(ききょう)、孔雀草(くじゃくそう)や撫子(なでしこ)などさまざまな花が咲き乱れ、どこからか甘い金木犀(きんもくせい)の香気(こうき)も漂ってきていた。

　等間隔で並ぶ木々の葉はすっかり赤や黄色に染まり、炎を灯した巨大な松明(たいまつ)のようだ。

　どこを切り取っても絵になりそうな美しさに目移りしてしまい、馬車で訓練場へ向かう道すがら、つい何度も窓から身を乗り出しては父から注意されてしまった。

　騎士団本拠地は宮廷の東端にあり、宿舎や訓練場、厩舎(きゅうしゃ)といった施設が備えられている。

　訓練場は大きな石の塀で囲まれており、中から激しい剣戟(けんげき)や気合いのこもったかけ声が聞こえてきた。どうやら一対一の戦闘訓練を行っている最中らしく、鎧(よろい)を身に着けた騎士たちがそれぞれ真剣な表情で向かい合い、剣をぶつけあっていた。

　長靴の底が地面を蹴るたび砂埃が舞い上がり、剣と剣、槍と槍が触れ合うたび、激しい火花が散る。

　牢館で毎日静かに暮らすばかりだったシルフィアは、その迫力に圧倒され、ついついその場に立ち尽くしてしまう。まばたきすら忘れて訓練の様子に見入っていると、豊かな髭を生やした男性がやってきた。出で立ちを見るに恐らく彼が騎士団長なのだろうが、でっぷりと太った外見からは、とても剣をふるうさまは想像できない。

「これは、王配殿下。……それに第二王女さまも。ようこそおいでくださいました」

彼は父に恭しく騎士の礼をとった後、シルフィアを見て微かに眉をひそめ、貼り付けたような笑みを浮かべた。

目の奥に浮かぶ薄らとした嫌悪に、父が気付いた様子はない。

「娘の護衛を選びにきた。一番優秀な三人はユリアスが取っていった後だと聞くが、この中にもまだ、優秀な騎士は残っているのだろうな、団長?」

「ええ、それはもちろん。特にあちらの赤毛や、その奥の茶髪の騎士などは、家柄もよく武芸の腕も確かで、騎士として非常に恵まれた体軀をしております。ユリアス王子のお選びになった騎士たちとも遜色なく――」

説明を受けながら、シルフィアは騎士たちの邪魔にならないよう、広々とした訓練場の端をゆっくりと歩く。

途中途中、父から誰か気に入った騎士はいないかと聞かれるが、勧められた騎士は皆等しく鍛え上げられた立派な体格をしており、目つきも鋭く、子供のシルフィアは物怖じしてしまう。

(怖そうだなんて思ったらいけないのかもしれないけれど……)

父は痩せ型で柔和な顔立ちだし、下男も小柄で、イヴェットより背が低いほどだ。彼ら以外の男性と接した経験がほとんどないシルフィアにとって、大柄な大人の男性というのは、そこにいるだけで威圧感を与えるものだった。

「ゆっくり選んでいいんだよ」

「うん……」

とはいえ、せっかく時間を割いてくれた父を待たせては申し訳ないという思いで、徐々に焦りが募ってしまう。

迷いながらしばらく見て回ったところで、シルフィアはふと、ひとりの少年に目を留めた。年は、シルフィアとあまり変わらないくらいに見える。艶のないぼさぼさの髪をしていて、その肌は日焼けを知らないように白い。

制服らしい灰色の衣服を身に着けているところを見ると、恐らく騎士団の一員なのだろう。しかし、衣服の上からでもわかるくらい酷く痩せた身体つきをしており、目が落ちくぼんで顔色も悪い。

見るからに重そうな桶を両手に抱えているが、その足取りはふらふらとおぼつかず、見ているこちらのほうが心配になってしまうほどだ。

「ねえ、あの男の子は？　とても痩せているのね」

思わず騎士団長に問いかけると、彼はシルフィアの視線の先を探った後、ああ、と気のない返事をした。

「あれは半年前に騎士団に入ってきた従騎士です。小姓の経験もなく、力も弱いため飼い葉桶を運ばせたり、さまざまな雑用をさせたりして、鍛えてやっているところです」

「飼い葉？」

「馬に与える干し草や藁のことですよ。あちらに厩舎がございますので」

騎士団長がその方向を指で指し示してみせる。少しの間そちらに気を取られていると、突然に、騎士たちのほうから大きな声が上がった。

見れば先ほどの少年が地面に倒れ、飼い葉桶の中身がすっかり地面にこぼれてしまっている。助け起こしに行こうとしたが、それより早く、少年がよろめきながら立ち上がった。服についた土埃を手で軽く払い、転がった飼い葉桶を拾いに行く彼に、周囲の人間は非難めいた視線や嘲笑を送るばかりで誰も手を貸そうとしない。

――ちゃんと掃除しておけよ。この愚図。

――まったく、役立たずの痩せっぽちが。

冷たい声が飛び交った。

「みすぼらしい少年だな。本当に貴族なのか？」

一連の行動を見ていた父が、疑うように眉をひそめる。宮廷に出仕できるのは、貴族の子弟だけと決まっているのだ。

「もちろんです。ダンタリアン男爵家の長男なのですが、元々は当主が娼婦に産ませた庶子ですよ。正妻との間に娘しか産まれなかったため、跡継ぎにすべく半年ほど前に引き取ったそうですが……。まあ、所詮は市井で生まれ育った下賤の者です」

「しょうふってなぁに？　げせんって悪いことなの？」

まだ幼いシルフィアには、騎士団長が口にした言葉は半分ほどしか理解できない。けれど彼の表情から、何かよくない意味なのだろうということはわかる。

不思議に思って問いかけると、騎士団長は見る間に慌てた。

「い、いえ。王女殿下のお耳に入れるようなことでは」

「――団長。貴殿はこのような幼子の前で話していいことと、悪いことの区別もつかないのかね」

騎士団長が青ざめている理由も、父が怒っている理由も、シルフィアにはわからない。ただ、自分が余計なことをしたのかもしれないと思うと、なんとなく居心地が悪かった。

「私は団長と話がある。お前たちはシルフィアから目を離さないように」

父は侍従にそう言い残すと、見たこともないほど厳しい表情で、団長と共にどこか別の場所へ行ってしまった。

困り果てた様子で顔を見合わせた侍従たちが、ひとまずシルフィアを訓練場の片隅にあった木製の長椅子に座らせる。

「シルフィアさま。お父君がお戻りになられるまで、こちらでお待ちください」

「決してここから離れてはいけませんよ」

そう言ったきり、彼らはシルフィアには目もくれず自分たちだけで話し始めた。

どこそこのご令嬢が美しいと評判だとか、誰それの夫人が女王のお気に入りだとか、某伯爵が別荘を建てただとか。耳を澄ましても、シルフィアにとってはあまり楽しい話ではない。

(それより、あの子はどこに行ったのかしら?)

先ほど少年が倒れていた場所に視線を向けてみるが、もうそこに彼の姿はなかった。代わりの飼い葉を用意しに行ったのかもしれない。

あんなに痩せているのに重い物を運ばせるなんて、騎士団の修業とはなんと厳しいものだろう。とても具合が悪そうだったけれど、ここではそれが普通なのだろうか。

シルフィアが体調を崩した時は、イヴェットがスープを作ったり汗を拭いてくれたり、何くれとなく世話を焼いてくれる。

けれどここで彼が転んでも、心配して手を差し伸べてくれる人はいなそうだ。もしかしたらあんなに痩せているのも、食事を満足に与えられていないせいではないだろうか。

（そんなの可哀想。そうだ、あの子をわたしの専属騎士にしてほしいって、お父さまにお願いしてみようかしら）

それはとてもいい考えのように思えた。

シルフィアは姉弟たちのような華やかな生活はしていないけれど、彼ひとりくらいの食事なら十分に用意できる。それに彼はシルフィアと年齢も近いようだし、きっといい友人になってくれるのではないだろうか。

だがそのためにはまず、少年の意向も聞いてみなければならない。

「あの……」

シルフィアは侍従たちに声をかけてみた。少年の許まで一緒についてきてくれないかと思ったからだ。しかし侍従たちは少しも気付かず、おしゃべりに興じている。

どうしようか迷ったが、せっかく楽しそうにしているのを邪魔するのも気が引け、ひとりで少年を探してみることに決めた。

飼い葉を用意していたのだから、今頃は厩舎にいるのかもしれない。

シルフィアは、そっと侍従たちの脇を通り抜け、そのまま訓練場を後にする。馬のいなきや独特の獣臭を頼りに、先ほど騎士団長が指し示した方角へ向かえば、すぐにそれとわかる建物が目に入った。

自然と歩みが速くなり、胸が高鳴り始める。少年と顔を合わせたら、まずなんと声をかけよう。

（初めまして、シルフィアです。あなたのお名前は……とか？　お名前を聞いたら、わたしの騎士になってくれませんかって、お願いしてみよう）

そんなふうに考えながら歩いていたシルフィアの耳に、ふと、何か重い物が落ちるような音が響いた。

立て続けに聞こえてくることを不思議に思って厩舎に近づくと、音に混じって、人の声がすることにも気付く。

恐る恐る様子を窺えば、物陰で四人の従騎士たちが輪になって佇んでいるのが見えた。彼らは口々に激しい罵声（ばせい）を発しながら、足下の何かを蹴りつけている。

「また俺たちの仕事を増やしやがって、この役立たずが！」

「お前みたいな無能は騎士団にはふさわしくないんだよ。とっとと売女たちのところへ帰れ！」

先ほど聞いたのは、この音だったのだ。けれど一体何を蹴っているのだろう。

怯えつつ目をこらしてみたシルフィアは、輪の中心で人が蹲っているのに気付き、目を瞠った。

藁色の髪をした、あの痩せっぽちの少年だった。

「――やめて！」

気付けば無我夢中で従騎士たちを押しのけ、ドレスが汚れるのもかまわず地面に膝をついていた。はずみで帽子が地面に落ちたが、そんなことを気にしている場合ではない。

倒れ伏した少年の顔を覗き込んでみれば、頬が赤く腫れ上がって唇の端から血が流れていた。息はあるものの、気を失っているようだ。青ざめた顔で目を瞑り、ぐったりしているさまが痛々しかった。

「どうしてこんな……酷い……」

あまりの惨さに喉が詰まり、上手く声が出せない。

シルフィアが読む本に出てくる騎士は、いつも気高い心と強い正義感を持った頼もしい存在として描かれていた。

けれど、目の前の彼らはどうだろう。仮にも同輩の、それもこんな痩せ細った少年を平気で踏んだり蹴ったりするような卑怯な人間が、騎士団に籍を置いているなんて信じられない。

「なんだ、この子供？」

「一体どこから――」

突然飛び込んで来たシルフィアに、彼らは戸惑いの声を上げている。

「小さなお嬢さん、お父さまかお母さまとはぐれたのかな？　でも、ここは子供が遊びに来る場所じゃないんだ」

「僕たちが送っていってあげるから、一緒においで。ほら、帽子も拾ってあげるから」

語りかける従騎士たちの声は優しかった。もし目の前の娘の正体を知っていればもっと違う反応を見せたかもしれないが、牢館から滅多に離れないシルフィアの顔を知る者は少ない。だから、きっと宮廷内に住む貴族の娘だとでも思われたのかもしれない。

けれどどんなに愛想よく話しかけられたところで、彼らに対する嫌悪感が今更薄れるはずもなかった。

差し出された手を無視し、勢いをつけて顔を上げたシルフィアは、精一杯の虚勢で従騎士たちを睨（にら）みつける。

怖くないわけではなかったけれど、ここで少年をひとりにすればもっと酷い仕打ちを受けるかもしれないという思いが、シルフィアに勇気を与えてくれた。

しかしその瞬間、思いも寄らぬことが起こった。

「うわぁぁっ……。なんだその目、気持ち悪い！」

シルフィアの顔を見るなり、それまで親切に手を差し出していたひとりが、顔を歪ませながら大きな声で叫んだのだ。

突然に手を振り払われ戸惑うシルフィアを尻目に、彼は同輩たちを振り向き、なおもおぞましげに叫び続ける。

「お前ら、あの不吉な血色の目を見ろよ！　黒髪に赤い目なんて、まるで悪魔かばけものじゃないか」

「お、おい……っ」

「黒髪に赤い目って、もしかしてこの子……」

他の従騎士たちがさっと表情を引きつらせたが、シルフィアの驚愕はそれどころではなかった。

（ばけもの……って。わたしの、こと？）

悪意まみれの言葉を咄嗟に受け止めきれず、一瞬だけ頭が真っ白になる。

初めは、彼が自分の正体に気付いたのだと思った。父の侍従たちや騎士団長のように、女王の心を乱す、名ばかりの王女に嫌悪感を抱いているのだと。

けれどよくよく発言を思い返せば、どうにも様子が違う。

アルツェルンでは昔から男女問わず、金髪碧眼(へきがん)が美の条件として持て囃(はや)されてきた。というのも代々王族に生まれた人間のほとんどが、明るい目と髪色を受け継いでいたからだ。

おかげで一時期は飲むだけで髪が金髪になったり、目の色が薄くなったりすると謳う怪しげな闇薬が横行し、健康を害する者が大勢いたらしい。

一方シルフィアの髪と目の色は異国出身の母譲りで、この国ではどちらも非常に珍しい色だ。一般的な美の基準からは大きくかけ離れているし、王族の中で悪目立ちしていることも、自分で理解している。

しかし、だからと言ってそれは、ばけものなどという酷い侮辱を投げつけられるほどのことなのだろうか。宮廷には金髪碧眼以外の人間なんてたくさんいるはずだし、現に目の前の従騎士だって、赤茶色の髪に黒い目ではないか。

「あの……」

自分でも何を言おうとしたのかわからない。けれど何か言わなければという思いで立ち上がり、足を前に踏み出した――その時。

「来るなっ！」

顔を歪めた従騎士が、容赦(ようしゃ)のない力でシルフィアを突き飛ばした。

背を地面に強くぶつけた衝撃ですぐには起き上がれずにいるシルフィアを、更に言葉の暴力が襲う。

「この呪われたばけもの！　醜い悪魔めっ！」

「やめろ！　言いすぎだぞ」

「馬鹿、お前。この子——この方が誰なのか知らないのか？」

「うるさい、知るか！　こいつは人間の皮を被った、穢れた魔物だ！　死ね！　死ねっ」

彼は足下に転がっていた石を拾い上げると、次々とシルフィアへ向かって投げつけた。ほとんどは明後日の方向へ飛んでいくだけだったが、そのうちのひとつが運悪く、上半身を起こしたばかりのシルフィアの額に命中する。

痛みより先に強い熱を感じ、遅れて、何かぬめりを帯びた生温かいものが鼻筋に滑り落ちるのがわかった。不思議に思って触れてみると、真っ赤な液体が指先を濡らしている。

血を見るのは、生まれて初めてだった。こんな明確な暴力を受けるのも。

頭の芯が痺れたようになり、シルフィアはゆっくりと瞬きを繰り返すことしかできなかった。ようやくのろのろと顔を上げれば、狂ったように喚き散らすひとりを除き、残りの従騎士たちがすっかり顔色を失っている。

血相を変えた父が飛び込んできたのは、その直後のことだった。

「何をしている!?」

「お、王配殿下……っ?」

父の登場に、従騎士たちはあからさまに狼狽(ろうばい)していた。

しかし父は彼らにかまうことなく急いでシルフィアの許へ駆け寄り、倒れた身体を抱き起こす。シルフィアの顔を覗き込むなり、その目に激しい怒りが迸(ほとばし)った。

「貴様ら! 娘に一体何をした!?」

父は、先ほど騎士団長へ向けていた怒りが生ぬるく思えるほどの剣幕で、従騎士たちを怒鳴りつける。

稲妻に切り裂かれたように空気がびりびりと震え、他の三人はもちろん、先ほど威勢よくシルフィアを罵倒(ばとう)していた従騎士までもが真っ青になっていた。

「む、娘……? じゃ、じゃあ、これが例の奴隷の産んだ……」

途端に空気が凍りついたのが、シルフィアにもわかった。

動揺のあまり自分が何を口走っているのかもわからないのだろう。彼が口にした言葉は、仮にも王女へ——それもその父親の前で向けていいものではなかった。

「お、王配殿下! こいつです。こいつが王女さまに石を投げて……っ」

「私たちが必死で止めたのに、聞き入れてもらえず!」

不穏な空気を察したのか、それまで黙っていた他の三人が我先にと言い訳を始めた。

「そうです！　王女さまもご覧になっていたでしょう！　私たちが彼を止めようとしていたところを」

必死の表情で訴えられ、シルフィアは戸惑いながらもその勢いに呑まれ、小さく頷いた。実際、彼らが仲間の行きすぎた言動を諫めていたことは確かだ。

だが、その後すぐ、頷かなければよかったかもしれないと思い直した。

「貴様か。私の大事な娘を傷つけたのは」

恐ろしいほど温度を感じさせない父の声に、シルフィアに石を投げた従騎士が全身を小刻みに震わせ始める。

「ひっ……！　お、俺は……違う。違うんです王配殿下。だって聖典では、赤い目は悪魔の証だって……。それに俺、し、知らなくて。王女だって、知ってたら……」

彼は喉を締めつけられた鶏のような声で途切れ途切れに訴え、目の縁に涙を滲ませながら仲間に視線を送る。

しかし、助けを求める哀れな視線に応える者は、誰ひとりとしていなかったけれど。

「連れて行け。お前たちも失せろ」

布を断ち切るような容赦のない言葉に、ふたりの侍従がすかさず彼の両脇を摑み、どこかへ引きずっていく。残りの従騎士たちも慌てて後に続き、嫌だ、嫌だという涙混じりの叫び声が段々と遠ざかっていった。

あまり酷い罰を与えないでほしいと言いたかったけれど、厳しい顔で腕を組む父はシルフィアの知らない『王配』の顔をしていて、とうとうその機会を逸してしまった。

「……大丈夫かい、シルフィア」

やがて辺りに静寂が戻った頃、父が初めてシルフィアに声をかけた。先ほどまでとは打って変わって、いつもの優しい父の顔だ。

「侍従たちから、お前がいきなりいなくなったと聞いて、心配したよ」

改めて見れば、父の額にはじんわりと汗が滲んでいる。どれほど真剣に自分を探し回っていたかを知り、シルフィアはたちまち深い罪悪感に見舞われた。

「勝手にいなくなってごめんなさい、お父さま」

「いいんだ。それより、さぞ怖かっただろう。大切な顔に、こんな傷まで負わされて……、可哀想に。早く医者に診(み)せなければね」

懐から取り出したハンカチで額の傷を拭った父は、館へ帰ろうと言って、そのままシルフィアを抱き上げようとした。しかしシルフィアはその手をすり抜け、未だぐったりと意識を失ったままの少年の許へ駆け寄る。

「その少年は――」

　そこで初めて、父はこの場に自分と娘以外の人間がいたことに気付いたようだった。軽く目を瞠り、倒れ伏した少年とそれに寄り添う娘をじっと見つめる。

「お願い、この子もお館で手当てを受けさせてあげて。この子、さっきの人たちからたくさん酷いことをされていたの。酷い怪我よ」

「心配しなくても、騎士団にはちゃんと専属の医師がいるよ。騎士団長に伝えておくから安心して――」

「ううん、それじゃ駄目なの」

　シルフィアは生まれて初めて、明確な意志を持って父の言葉を遮った。

　驚く父をまっすぐに見据え、たどたどしくも懸命に、己の考えを伝える。

「わたし、この子に護衛になってもらいたいの」

　最初は軽い思いつきにすぎなかったが、今やシルフィアは本気で、そうなることを願っていた。

「わたしがそばにいれば、この子が意地悪されることもなくなるかもしれないでしょう？」

　たとえ一時的に傷の手当てをしたところで、彼を虐める人間がいなくならない限り、根本的な解決にはならない。先ほど石を投げつけてきた従騎士が、父が現れた途端に掌を返したのを見て、シルフィアは正しく悟った。

たとえ女王から疎まれ、人々から陰で軽蔑されていても、背後に父の存在がある限りシルフィアは『王女』なのだ。ならば自分が彼を牢館へ連れて行き、護衛にすることを知らしめれば、多少なりとも周囲への牽制となるのではないだろうか。

幼いながら懸命に考えたことだったが、しかし、父の反応はあまり芳しくはなかった。

「シルフィア。他者を救おうとするお前の心がけは立派だが、彼は由緒正しい貴族ではない。あまりこういうことを言いたくはないが、母親は神の教えに背く卑しい仕事……つまり、とても悪いことをしていたんだよ」

「でも……そんなの、この子のせいじゃないわ。お母さまが悪いことをしたからって、この子が悪いわけじゃないでしょう？」

教会の教えでは、その人の罪はその人だけのものであり、他者に責任を問うべきではないとされている。それがたとえ、血の繋がった親子であってもだ。

父だって、聖典の内容を知らないはずはない。

（だってお父さまは、わたしは何も悪くないって言ってくれたもの）

女王を裏切り、王配と関係を持った母。

そんな母から生まれたシルフィアを罪の子だと呼ぶ人も多いけれど、親の罪は親のものだと慰めてくれたのは、他ならぬ父だった。けれど、父には父の考えがあるようだ。滅多に反抗しない娘の言葉に、彼は困り果てていた。

「それはそうだが……。彼はまだ見習いだし、護衛としては未熟だ。お前はとても賢い子だから、お父さまの言っていることはわかるだろう？」

普段のシルフィアであれば、父にそこまで言われれば素直に頷いていただろう。元々あまり我が強いほうではなかったし、聞き分けよく大人しくしていなければ、ただでさえ少ない父の訪れが更に減るかもしれないと姉弟たちに脅されていたから。

だけど。

「……だけどお父さまは、誰でも気に入った人を専属騎士にしていいって」

我儘を言っている自覚はある。父だってまさか、娘がこんな弱々しく痩せた少年を専属に選ぶとは思いもしなかったのだろう。恨み言を口にするなんて筋違いも甚だしい。

けれどこのまま引き下がれば、少年はどうなることだろう。きっとまた酷い目に遭わされ、怪我をさせられるに違いない。

二つの感情の間で揺れ動き、上手く父を説得できない自分の不甲斐なさに目頭がじわりと熱くなった。

目元を拭おうとしたが、土まみれの掌で顔に触るわけにもいかず、溢れた涙はそのまま頬を伝って地面に吸い込まれていく。

「シルフィア……。どうしてもこの少年がいいのかい？」

シルフィアは声もなく頷いた。

ため息に揺れる空気で、父の困惑が伝わってくる。しばらく沈黙が流れ、重かった空気が不意に和らいだ。

「――仕方ない」

弾かれたように顔を上げる。その一言だけで、父が自分の我儘に折れてくれたのだとわかったから。

「滅多にないお前の頼みだ。騎士団長に話を通しておくよ」

「お父さま……ありがとう！　とっても嬉しいわ」

「やれやれ。どんな贈り物よりこんな少年を喜ぶとは、お前も変わった子だね」

自分の我儘で父が少しでも気を悪くしていないか心配だったから、優しいその声に、シルフィアは心底安堵した。

§

牢館へ戻ると、イヴェットが青ざめた顔でシルフィアたちを出迎えた。

「まあ、まあ……シルフィアさま！　どうなさったのです。大切なお顔にそんな酷い傷を……」

「騎士団に不埒者がいたようだ。シルフィアのことを知らず、石をぶつけたらしい」

冷えた父の声に、イヴェットが両手で口を覆う。まるで自分のほうこそが傷を負ったような痛ましげな表情だ。

「ひとまず私は王宮のほうへ戻らねばならないが、イヴェット。侍医を寄越すから、シルフィアをしっかり手当てさせるように」

父の命に、イヴェットは強張った表情で深く一礼した。

そして数秒後ゆっくりと顔を上げ、訝るような表情をする。近頃めっきり弱ってきたという淡い灰色の目が、玄関扉へ向けられた。

侍従たちがふたりがかりで、室内に少年を運び込んでいる。

「あの少年は……？」

「シルフィアの選んだ専属騎士だ」

「まあ……。よりにもよってあんな……」

イヴェットは言葉を濁していたが、その表情は明らかに、この弱り切った従騎士を快く思っていない様子だ。

けれど娘に甘い父は、今更侍女が反対したところで意見を覆す気はないようだった。

「どうしてもあれがいいらしい。見ての通り酷い暴行を受けた後だから、しばらく館で養生させてやりなさい」

イヴェットは、シルフィアの傷を見た時より更に驚いた顔をした後、再び頭を下げた。

「折を見てまた来る。シルフィアも、今日は怖かったろう。ゆっくり休むようにね」

父が去って行き、少年は侍従たちによって空き部屋の寝台へ運ばれる。

未だ意識が戻る様子はない。胸が呼吸に合わせて上下していなければ、死んでいるのではないかと心配になるほど、青白い顔をしていた。

先ほどまでと比べて頬の痣はよりくっきりと目立ち、切れた唇は倍ほどにも膨れ上がって、乾いた血がこびりついている。

「……大丈夫かしら」

「さあ。医師に診せてみないことにはなんとも」

独り言のような呟きに対し、侍従は父といる時より少し素っ気ない言葉を返し、肩を竦める。

「あの、どうもありがとう。ここまで彼を運んでくれて……」

「王配殿下のご命令ですから」

下げた頭を元の位置に戻す頃には、彼らは既に部屋の中からいなくなっていた。もうお帰りですか、というイヴェットの声が玄関のほうから聞こえてきて、やがて入れ替わるようにして白髪の老爺がやってくる。

シルフィアが風邪を引いた時や具合が悪い時、いつも来てくれる顔なじみの医師だ。彼は宮廷の人間にしては珍しく、父のいない場所でもシルフィアに優しく微笑んでくれる。

「シルフィアさま。王配殿下から、お怪我をなさったと伺いましたが……」

「わたしはただのかすり傷なの。それより、この子の怪我が酷くて。先に診てくれますか？」

「ああ、確かにこれは大変だ。すぐに治療をいたしましょう。シルフィアさまはその間、泥汚れを落としておいてください。傷口から黴菌が入ったら、化膿して大変なことになりますからね」

できれば少年のそばにいたかったが、自分がいても邪魔になるだけだ。この医師は宮廷侍医の中でも一番偉い人だと以前父が言っていたし、ここは彼の言うことに従っておくのが賢明だろう。

後ろ髪を引かれる思いで、シルフィアは少年のいる部屋を後にした。

そうして自室へ戻るまでの短い間に、イヴェットは忙しなく動き回っていたようだ。自室の浴槽には浅めに湯が張られ、脱衣所には清潔な着替えが用意されていた。

侍医から何か指示されていたわけではないだろうが、不慮の出来事にすら迅速に対応する手際は、さすが女王の元侍女だ。

「先生から、泥を落としてくるように言われたの」

「そうだと思ってお湯のご準備をしておりました。さあ、お召し物を脱ぎましょうね」

姿見で改めて自身の姿を確認すれば、ドレスはどこもかしこも泥塗れで、綺麗に結ってもらった髪もぐしゃぐしゃに乱れていた。

あの時は少年を庇うのに必死で、自身の衣服が汚れることなど気にもしていなかったが、今更になって申し訳ない気持ちが込み上げる。

「ドレスを汚してごめんなさい。イヴェットがせっかく、綺麗に手直ししてくれたのに」

「そんなことはお気になさらなくてよろしいのですよ。このイヴェットは針仕事や料理だけでなく、お洗濯も得意なのですからね」

シルフィアの落ち込みようがあまりに深かったせいか、あるいは怪我を心配しているためか、彼女の声は普段よりずっと柔らかい。

「あら、まあ。お手にも傷が……」

浴室で、石鹸を含ませた布を使って丁寧に汚れを落としていたイヴェットが、ふとシルフィアの掌に目を留めた。

従騎士に突き飛ばされ地面に手をついた際、砂利で擦っていたのだろう。掌には細かな傷がいっぱいついており、薄らと血が滲んでいる。

「少し滲みますけれど、我慢してくださいましね」

「う、うん」

思わず身を強張らせたが、覚悟していたほどの痛みはなかった。

汚れを落とし終えて湯船に身を沈めたシルフィアは、心地よいぬくもりに一息つきながら、ふと、湯に映った自分の顔を見つめる。

ゆらゆら揺れて不鮮明だが、そこには黒髪と赤い目を持つ娘がいた。

「……ねえ。わたしって、何か変？」

「何かって……。一体なんのお話です？」

シルフィアが何を言いたいのか、イヴェットは見当もつかないようだった。

「さっきね。騎士団の見学に行った時、従騎士の人が言ってたの。赤い目は血の色みたいで不吉だって」

ぴたりと、肩の上から湯をかけていたイヴェットの手が動きを止める。

空気が妙に強張ったような気がして、しゃべるのをやめようかとも思ったが、どうしても気になって仕方がなかった。あれほどの憎悪を向けられるほど、母譲りだというこの見た目はどこかおかしいのだろうか。

「あの人、黒髪と赤い目は悪魔の色だって。わたしに、ばけもの、死ねって言いながら石を投げてきたの。悪魔の色って何？　わたしはばけものなの？　どうして――」

「――姫さま！」

鋭い金切り声に驚き、シルフィアは口を噤んだ。振り向けばイヴェットが見たこともないほど恐ろしい顔をして、こちらを見つめている。

怒っているわけではないようだが、肩は大きく上下し、興奮を抑えきれていない様子だ。普段物静かなイヴェットが声を荒らげるなんて初めてのことで、驚きに目を瞠っていると、やがて彼女は取り乱した己を恥じるように目を伏せた。

「――王族への礼儀も知らぬ、不心得者の言葉などをお気になさってはなりませぬ。そのような侮辱は、どうか今すぐお忘れ召されませ」

先ほどの態度を取り繕うような静かな声色に、シルフィアはもうそれ以上何も言えなかった。子供心にこれは触れてはならない話題だったのだと察し、真剣な眼差しに気圧されるよう何度も頷く。

けれど、そのせいで理解してしまった。

自分が『ばけもの』と呼ばれたのには、何か明確な根拠があったのだと。そしてイヴェットが、これまでずっとそのことを隠していたことも。

浴室を出て着替えの手伝いを終えた後、イヴェットは予備の寝具をもらいに行くといって牢館を出ていってしまった。

だからシルフィアは彼女がいなくなった後、こっそり図書室に足を踏み入れ、聖典を探すことにした。イヴェットに知られれば叱られるとわかっていたけれど、どうしても従騎士の言葉の真意が気になったのだ。

図書室と言っても、牢館の中にあるそれは本棚が三つ、四つある程度の小さな部屋だ。だから目的のものはすぐに見つかった。

古びた頁を捲り、そしてある一文に目を留める。


―――――


――其れは災禍の証。其れは恐怖の権化。

全身を黒い被毛に覆われ、血のような赤い目をしており、人々を堕落の道へ誘い破滅へ貶める。

其の名を悪魔。神に仇なす呪われし者。おぞましき地獄のばけもの。

――――


息が止まるかと思った。

黒い被毛。血のような赤い目。

それはさながら、鏡に映った自身の姿を表わしているようではないか。

シルフィアは、己をばけものと罵ったあの従騎士の言葉を、ようやく理解した。そして、どうしてイヴェットが頑なに、外出の際に帽子やヴェールを被せようとするのかも。

ただ変わっているというだけではない。このアルツェルン王国で、シルフィアの持つ色は悪魔の特徴そのものだったのだ。

自分が王宮の人々から嫌われているのは、両親の犯した罪のせいだけではなかった。

初めて知った事実に、頭をがんと殴られたような衝撃を覚えた。

けれどいつまでも図書室に留まっていては、イヴェットに聖典を見たことを知られてしまう。シルフィアは逸る鼓動を押さえながら聖典を元の棚へ戻し、居間へ戻った。するとほぼ同時に玄関扉が開いて、寝具を抱えたイヴェットが帰ってくる。

「お、お帰りなさい」

「どうされました、姫さま。少し顔色が悪いようですが……」

「う、ううん。ちょっと傷が痛むだけ……」

　適当に言い訳しながらも動揺を悟られないよう必死だったシルフィアは、その直後、医師が少年の治療を終えて戻ってきたことに心底ほっとした。

「先生、あの子は――」

「幸いにして骨は折れていませんでした。ですが傷や打撲の状態が酷いので、治るまでは毎日薬を塗ってあげてください。大丈夫。まだ若いので、傷の治りも早いはずです」

　医師は鞄から小瓶や紙包みを取り出し、ひと通り薬の説明をする。

　湿布用の練り薬に傷口に塗るための軟膏（なんこう）。それから痛み止めの粉薬。イヴェットから勉強を教わっている時より更に熱心に耳を傾け、シルフィアは勇気を出して質問してみた。

「あの、怪我の手当てはわたしがしてもいいですか？」

「姫さま御自ら専属騎士のお世話をするなんて、とんでもない！　そのようなことは、このイヴェットにお任せください」

　突然の提案にイヴェットは目を剝いて反論したが、ただでさえほとんどひとりで館を切り盛りしている彼女に、これ以上の負担はかけたくない。

「イヴェットは今でも、食事の支度やお掃除で大変でしょう？　それに、あの子はわたしが選んだ専属騎士なんだから、自分でお世話をしたいの」

「姫さま……ですが」

「まあまあ、よろしいではございませんか。将来ご結婚なさった時のために、簡単な手当ての仕方くらい覚えておいて損はありませんよ。御夫君やお子さまたちが怪我をすることもございましょうからね」

イヴェットはあまり賛成ではなさそうだったが、医師のその口添えのおかげで、なんとか納得してくれたようだ。

「わかりました。ですが手当ての際は、わたくしもそばで見守らせていただきますからね。お嫁入り前の姫さまを、異性とふたりきりにするわけにはまいりませんから」

「……うん！　ありがとう、イヴェット」

渋々ではあったが、イヴェットの了解を得られたことに安堵する。

「あの子の怪我が一日でも早くよくなるように、一生懸命お世話をするわ」

その日から、シルフィアはイヴェットに呆れられるほどの熱心さで、少年の看病に当たった。

§

少年は翌朝には目を覚ました。

昨日からずっと意識を失っていて、自分の置かれた状況をまだ理解していないのだろう。彼は室内をぐるりと見回し、怪訝そうな顔をしている。

先に話しかけたのは、イヴェットだった。

「ここは第二王女殿下、シルフィアさまのお住まいです。騎士団にはしばらく療養で休ませることを伝えていますから、しっかり休養を取りなさい」

「初めまして、わたしはシルフィア。こちらは、わたしの侍女のイヴェットよ。あなたはわたしの専属騎士になったの。だから、これからは虐められる心配もないのよ」

痩せこけた少年の顔は表情に乏しく、なんの感慨も示していないように思えた。しかし、落ちくぼんだ瞼の向こうから覗く青い目がシルフィアを捉えた途端、彼の表情になんとも言えない熱っぽさが宿る。

「……天使さま——」

「え？」

けれど彼はそう言ったきり、またすぐ、糸が切れたように眠りについた。

これまでよほど気を張っていたのだろう。呼吸に合わせて胸が上下していなければ死んでいるのかと思うほど、熟睡しきっている。

湿布を貼った少年のやつれた寝顔を見つめながら、あまりの気の毒さに胸が痛む。

父から聞いた話によると、少年はダンタリアン男爵家の長男で、名をオルテウスと言うそうだ。訳あって母親と共に市井で育っていたが、半年前――十一歳の時、本家に引き取られたらしい。

つまり彼は今、十二歳ということだ。

けれど痩せ細った身体を丸めて眠る姿はその年齢よりずいぶんと幼く、シルフィアと変わらないくらいに見えた。

騎士団にいた人々は年若の者も含めて皆、いかにも貴族の子弟らしい小綺麗な印象だったのに、なぜ、男爵家の嫡男(ちゃくなん)であるはずのオルテウスはあんな扱いを受けていたのだろう。

気になって、騎士団長が口にしていた言葉の意味を聞いてみたことがある。

娼婦に産ませた庶子。その言葉を聞くなりイヴェットはさっと青ざめ、答えの代わりに厳しい一言を返した。

「二度と、そんな汚らわしいことを口にしてはなりません」

父も、オルテウスの母親は聖典に背くような、悪いことをしていたのだと言っていた。

そのせいで彼が騎士団内で虐められていたと考えると、なおのこと可哀想になった。

後になって考えれば、その時には既にシルフィアは、己の境遇を彼と重ね合わせていたのかもしれない。親の罪を否応なく背負わせられた者として、似たような立場の彼に、無意識に何か通じるものを感じていたのだ。

けれどそんな理屈を抜きにしても、シルフィアは彼の前では明るく振る舞うよう努めた。館で過ごす日々が楽しければ、これまでの辛かった出来事を少しでも癒やせるかもしれないと思ったからだ。

§

「——おはよう、オルテウス。朝食の時間よ」

シルフィアは毎朝、イヴェットの作った朝食を木製の盆に載せ、オルテウスの部屋を訪れた。怪我の手当て以外にも自分にできそうな仕事があればと、イヴェットに頼み込み、簡単な手伝いをさせてもらっているのだ。

もちろんイヴェットは、そんなことは姫さまのなさることではありませんと反対したけれど、最終的にはシルフィアの熱意に根負けしたようだった。

これまで彼が、食事もろくに与えられてこなかったのは一目瞭然だった。しかし、初めて食事を出した際、腹一杯に詰め込んだものを全て吐き戻したのにはさすがに驚いてしまった。

突然大量の食事をとったせいで胃がびっくりしたのだと、イヴェットは言っていた。風邪を引いた時と同じく肉体が弱っているから、粥や果物など、軽いものから慣れさせたほうがいいらしい。

「今日はすりおろした林檎と、柔らかいパンにスープを用意したの。食べられそう？」

「は……い……」

食卓の上に盆を置くと、ごくごく小さな、掠れた声が返ってきた。

医師曰く、栄養が足りなかったせいで一時的に喉の機能が衰えているのだろう、とのことだった。

食事に口をつける前、オルテウスは必ず周囲を警戒する様子を見せた。まるで誰かに横取りされるのを恐れているような雰囲気に、胸が痛む。

「大丈夫、大丈夫よ。ここにはあなたを傷つける人はいないわ」

そういう時、シルフィアは子犬や子猫を宥めるように、オルテウスの頭を優しく撫でながら話しかけることにしていた。

最初の頃はその行為にさえ怯える様子を見せていた彼も、二週間も経てばすっかり慣れ

たようで、大人しくシルフィアの手を受け入れてくれる。

きっと彼にとって頭の上に手を翳されるというのは、かつて受けた暴力を想起させるものだったのだろう。

義母である女王から疎まれ、その家臣たちからよく思われていなくても、シルフィアは暴力とは無縁の世界で守られて生きてきた。優しい父や、身の回りの世話をしてくれる侍女と下男もいて、何不自由のない生活を送っている。

けれどオルテウスは、これまで守ってくれる人もいないまま、ひとり孤独と闘ってきたのだろう。それがどんなに心細かったことか。

きっとシルフィアが常日頃感じている寂しさなど、比ではないほどの辛さを味わってきたに違いない。

そう考えると、自分がどれほど恵まれていたのかにも気付かず過ごしていたことが恥ずかしくなった。

これまでの疲労が溜まっているせいか、オルテウスはよく眠った。

けれど眠っている時の彼は頻繁にうなされており、意味をなさない不鮮明な呻き声は手負いの獣のようだ。

一体どんな悪夢が彼を苦しめているのか、シルフィアには知る由もない。だからせめてよく眠れるようにと、枕辺で子守歌を歌うことにした。

最初こそ、うるさいかもしれないと心配していたが、オルテウスが子守歌を拒むことはなかった。それどころか歌を聴いているうちに、うとうとと目を細め、気持ちよさそうに寝入るようになったのだ。

そうして眠るオルテウスを見つめている時、シルフィアは小さな子供か手のかかる雛鳥（ひなどり）の世話を焼いているような、不思議な気持ちになった。

この弱い少年を、精一杯守ってあげたい。慈しんであげたい。

自分のほうが年下なのに、そんな感情を抱くなんておかしなことかもしれない。

それをわかっていても、彼に少しでも安心して過ごしてほしい。そんな思いから、シルフィアは横たわる彼に、繰り返しこう伝えるのだった。

「心配しないで、オルテウス。あなたはわたしの騎士だもの。わたしが守ってあげるわ」

§

献身的な看病のおかげもあり、オルテウスは見る間に快復していった。

これが医師の言っていた、若さゆえの回復力なのだろうか。牢館へ迎え入れてひと月も経つ頃には、彼は普通の食事が取れるようになっていたし、あれほど酷かった痣もすっかり消えてなくなっていた。

傷の治りがとても早いと、イヴェットも感心していたほどだ。

「そろそろお外を歩いても大丈夫そうね」

その日の早朝、シルフィアはオルテウスを連れて館の外を散歩することにした。

二週間ほど室内で療養生活を送っていたため、日光浴がてら外を歩いたほうがいいと医師が言っていたからだ。

とりわけ、明け方の光は心身によい影響を及ぼすらしい。

「お散歩に行きましょう、オルテウス」

イヴェットが仕立てた揃いの上下を身に着けたオルテウスは、未だに鶏がらのように痩せてはいるものの、多少肉付きがよくなったおかげで以前ほどの痛々しさはない。

「そと……。でも、騎士団の、やつら……が」

まだ外に出るのが怖いのだろう。目を伏せて怯える様子は可哀想だが、いつまでも室内にこもりきりでいると、逆に身体によくない。

「大丈夫。このお館は高い塀で囲まれているし、今日は塀の外には絶対に出ないから」

怯えを落ち着かせるよう殊更に優しい声で宥めると、強張っていた顔に安堵が広がっていく。それはまるで飼い主に全幅の信頼を寄せる子犬のようで、より一層シルフィアの庇護欲を駆り立てるのだった。

「姫さま。明け方とはいえ、お帽子だけはお忘れなきようになさいましね」

「うん。ありがとう」

使い込まれたヴェールつきの帽子を受け取ると、オルテウスが不思議そうな顔をした。もう秋も半ば。明け方に外を散歩するのに、帽子が必要な季節ではない。

「わたしの目、変わった色をしているでしょう。そのせいか、人より少しだけ光に弱いの。代わりに、暗いところではよく見えるのよ」

人によっては大変だとか不便と思うらしいが、生まれた時からそうだったシルフィアにとってはごく当たり前のことだ。

元々、華やかな場に呼ばれる身でも、賑やかな催しが好きなわけでもない。夏場のほとんどを、閉ざされた室内で過ごすことはなんの苦にもならないし、夜でも燭台の火が必要ないことを便利だと思うほどだ。

「本当は軽い日差しくらいなら大丈夫なのに、イヴェットはちょっと大げさなの」

声が届かない位置まで来たところでこっそり付け足すと、オルテウスの顔に微笑みが浮かぶ。彼が近頃発するようになった言葉と同じく、とてもぎこちないものだ。

けれどそれは、彼がこの牢館を安全に過ごせる場所だと認識している証でもあり、シルフィアはそれが無性に嬉しかった。

「歩くのが苦しくなったら、すぐに言ってね」

オルテウスと手を繋ぎ、彼に少しでも無理をさせまいと緩やかな歩調で歩き始める。

夜が明けてすぐの空はまだ闇の気配を薄く残しており、牢館の庭は灰色の塀と鬱蒼(うっそう)とした木々に囲まれ、殺風景な印象だ。

けれど隣に誰かいるというだけで、花もないこの庭がいつもより格段に素敵な場所のように思えた。

「わたし、歩くの速くない？　大丈夫？」

歩いている最中、シルフィアは何度も何度もそう言って、オルテウスの様子を窺った。

「大丈夫、です。お姫さま……」

「よかった。ああ、それと、わたしのことはお姫さまじゃなくてシルフィアって呼んでね」

「シル、フィア、さま？」

まだひび割れた声で切れ切れにしゃべるのがやっとだが、言葉を覚えたての子供のように一生懸命名前を呼ぶさまが可愛らしい。

栄養状態が悪いせいか、オルテウスは同じ年頃の子供と比べて極端に発育が遅いようだ。シルフィアより四歳も年上なのに、ふたりの身長はさほど変わらなかった。

だから余計に、彼を自分より小さな子供のように思ってしまうのかもしれない。

「そうよ、オルテウス。よくできました」

年上ぶった口調で褒めても、オルテウスは嫌な顔ひとつしない。むしろはにかんだように頬を緩め、ご褒美の飴玉をもらった子供のような純な反応を見せる。

シルフィアはますます甘やかしたい気持ちが強くなり、調子に乗って彼の頭を撫で回した。掌に伝わる感触は、見た目通り柔らかく、いつまでも触っていたい気持ちにさせられる。

「いつも思っていることだけど、あなたの髪、とっても綺麗ね。雛鳥の和毛みたい」

土埃で酷く汚れていた彼の髪が、実は混じりけのない金色だったと知った時は驚いたものだ。洗髪し、イヴェットが櫛と鋏で短く整えた髪は、柔らかな朝日の下で眩く輝いている。

「それに、その目も。海の色とそっくりで素敵」

「シルフィ、ア、さまの……髪と、目も、綺麗……です……」

そんなことを言われたのは初めてだった。

「気持ち、悪くないの……？」

眉の辺りで切りそろえた前髪の下から、鮮やかな青色をした目が自分の髪を見つめているのに気付き、シルフィアはおずおずと問いかけた。

少し前ならば、その褒め言葉を素直に受け取ることができたかもしれない。

顔も知らぬ母の面影が、自分の中に僅かでも残されていることを嬉しく思っていたから。けれど聖典に記された言葉が、あれから数日経った今でも、シルフィアをじわじわと苦しめていた。

「どう、して、ですか？　俺……こんな綺麗な目、見たの……初めて、です。炎を、閉じ込めた……みたいで……本当に、綺麗、です」

それなのにオルテウスは不思議そうに首を傾げ、ごく当然のように微笑むばかりだ。

もしかして彼は、教会の教えにあまり詳しくないからそんなことを言ってくれるのだろうか。それとも本当は気味が悪いと思っているけれど、助けられた恩を感じて本音を言えないでいるのだろうか。

確かめたくてたまらなかったけれど、せっかくの散歩を台無しにしたくなくて、シルフィアは気分を変えるよう殊更に明るい声で告げた。

「ありがとう。あのね、わたし、ずっと憧れていたの。こんなふうに年の近い誰かと、外をお散歩したりお話ししたりすること。だから、今あなたとこうしてお散歩できてとっても嬉しいのよ」

「お姫さま……、なのに……？」

無邪気に首を傾げるオルテウスは、きっと知らないのだろう。

目の前にいる娘が名ばかりの王女で、本来なら生まれたと同時に殺されていてもおかしくない身の上であることを。

騎士団長が、オルテウスは最近貴族の家に引き取られたと言っていたから、宮廷の事情に詳しくなくても頷ける。

けれどもし本当のことを知ったら、彼は今と同じようにシルフィアと話をしてくれるだろうか。ここを出ていくと言い出しはしないだろうか。

不安でいっぱいだったが、これからそばにいてもらう以上、事情を話さないわけにもいかない。

「あの、あのね、わたし――」

「驚いた。噂は本当だったのですね」

招かれざる客人が横から口を挟んだのは、シルフィアが勇気を出して自身の立場を打ち明けようとした、その時だった。

「姉上、本当に物乞いを護衛にしたのですか？」

異母弟のユリアスだ。

姉や母と同じく豪奢な銀髪と緑の目をしており、天使のように愛らしい容姿は、よく女の子と間違われるほどだ。

見目麗しい専属騎士たちを付き従えて悠然と歩くさまは、殺風景な灰色の塀の中であまりに異質だった。

「グリシエラ姉上から聞いて、まさかと思って見に来ましたけれど、みすぼらしすぎて驚きました。案山子を立たせているほうがまだマシなくらい。みんなもそう思うだろう」

「もちろんです、ユリアスさま」

「あいつは騎士団の中でも落ちこぼれで、雑用くらいにしか使えない愚図なんですよ」

ユリアスの専属騎士たちも、オルテウスを虐げた経験があるのかもしれない。同意を求められ、それぞれ嘲笑を浮かべつつ、おもねるような言葉を口にする。

するとユリアスは勝ち誇ったように笑い、威圧的な目つきでシルフィアを見据えた。

「こんな役立たずの卑しい者をそばに置くなんてぞっとしますね。でも、姉上には似たもの同士、ぴったりかもしれない」

挑発するような言葉と笑みに、思わず身が竦んでしまう。

卑しい、似たもの同士という言葉が示している通り、ユリアスは口では『姉上』と呼ぶものの、心の底では決してシルフィアを姉と認めてはいない。

以前、面と向かってははっきり言われたことがあるのだ。

『姉上は母上の本当の子供じゃなくて、身分の低い女から生まれた娘なんでしょう？　なのに王女を名乗っているなんて、おかしいと思いませんか』

きっと乳母や侍女など、周囲の人間が話しているのを耳にしたのだろう。

その時はペトロネラが叱ってくれたが、以降もユリアスの態度からは、異母姉の存在を疎ましく思う気持ちが嫌というほど伝わってきた。

シルフィアひとりであれば、異母弟の意地悪な物言いを、いつものように黙って受け流していただろう。言い返したところで、シルフィアが不義の子であるという負い目は一生消せないのだから。

けれど、オルテウスを馬鹿にしたのだけは赦せない。

「オルテウスは……役立たずなんかじゃないわ。わたしの大切な人よ」

「姉上は優しいのですね！　でも、その小枝みたいな腕と痩せっぽちの身体で、主人を守るなんてできるのでしょうか」

ユリアスが舞台にでも立っているような大仰な仕草で両手を組み、天を仰ぐと、彼の専属騎士たちの間で哄笑が巻き起こった。

「ひどいわ！　オルテウスは騎士団で、まともにご飯も食べさせてもらえなかったのに――」

「姉上は黙っていてください」

異母弟のたった一言で、シルフィアは鞭で打たれたようにびくりと身体を跳ねさせた。

少し強く言われたくらいで、反論できなくなる自分が不甲斐ない。けれどももっと不甲斐なかったのは、その後のユリアスの行動を止められなかったことだ。

ユリアスは、まるでこれから挨拶でもしようというような優雅な足取りでオルテウスに近づく。そして白い手袋をつけた手で、容赦なく彼の頬を打ったのだ。

年下の少年の打擲でも、痩せ細ったオルテウスの身体は簡単に傾いでしまう。

「オルテウス！　大丈夫？」

その場にあっけなく倒れ込んだ彼の姿に、血の気が引いた。慌てて駆け寄り助け起こすと、叩かれた際に手袋のボタンでも掠ったのか、頬の皮膚が抉れて血が滲んでいた。

「どうしてこんな意地悪をするの!?」

自分でも信じられないほどの怒りが湧いてきて、シルフィアは目に涙を浮かべながら、弟を強く睨みつけた。

　思えば、ユリアスに向かってこんな大声を上げたのは初めてかもしれない。

　けれど彼は他人事のように肩を竦め、おかしいのはシルフィアのほうだと言わんばかりの態度をとった。

「大げさですね。専属騎士として使えるかどうか、少し試してあげただけじゃないですか。でも、駄目ですね。この程度で倒れるようじゃ、ネズミ一匹倒せやしない」

　暴力をふるった側とは思えない酷い言い分に、さすがのシルフィアも頭に血が上る。

「もう、帰って！　お願いだから、これ以上オルテウスに酷いことをしないで！」

「怖い顔。姉上のためにしたことなのに、悲しいなぁ」

　オルテウスを抱きしめながら霞んだ声で訴えるシルフィアに、ユリアスはさも傷ついたような表情をしながら、大仰に肩を竦めてみせた。

「でも、赦してあげます。王子は寛大な心を持たないといけないと、いつも母上がおっしゃっていますしね。僕は姉上と違って正統な王族ですから、無礼な態度も大目に見てあげますよ」

　彼は気を取り直したように笑うと、白い手袋を投げて寄越す。地面の上に転がった手袋は、土埃と血で汚れていた。

「汚らわしい血がついてしまったから、処分しておいてください」

姉を使用人のように扱うことに悪びれもしないユリアスを、彼の専属騎士たちは誰ひとりとして諌めようとはしない。

もうすっかり用は済んだとばかりにあっさり去っていく彼らの後ろ姿を、シルフィアは呆然と見送ることしかできなかった。

悲しくて、悔しくて、怒りが湧いてくるのに、異母弟の好き勝手な振る舞いを止めることのできない自分が心底情けなかった。

「シルフィア、さま……」

静けさの戻った場所に、オルテウスの弱々しい声が響く。

気遣わしげな彼の姿に、シルフィアは慌てて傷の具合を確かめる。

「ごめんなさい……痛かったでしょう？　弟が失礼なことばかりして、本当にごめんなさい……。すぐに手当てしないと」

「俺は、いいんです。痛み……には、慣れて……ます」

下町ではもっと酷い目に遭ったことがある。骨を折られたり、血を吐くまで殴られたりしたこともある——とオルテウスは笑う。

シルフィアを慰めようと大げさな話をしているわけでも、あえて強がっているわけでもない。本当に、なんてことのないように笑っているのだ。

自分と年の変わらぬ少年が、そうならざるを得ないほど過酷な人生を送ってきたこと。そしてその環境を『慣れた』と口にするようになるまで、どれほどの苦しみを味わってきたか。考えるだけで、胸が痛いほど締めつけられる。

「どうして笑うの？」

「え……」

「あなたは慣れたって言うけれど、痛いことに変わりはない。それに、身体だけじゃない。心だって痛みを感じるのよ……！」

責めるような口調に、オルテウスがあからさまに狼狽える様子を見せた。シルフィアを宥めるためか、おろおろと手を差し出しかけては、遠慮がちに引っ込める。

けれど、シルフィアは何も彼に怒っているわけではない。

いくらオルテウス自身が納得していても、暴力を当然のものとして受け入れる姿が悲しかったし、彼を守るなんて偉そうなことを言っていた自分自身が恥ずかしかった。

「なん……で、シルフィア……さまが、痛そうな顔……してるんです、か」

「弟からあなたを守れなかった自分が情けないの」

つんと痛む鼻をすすりながら、シルフィアは霞む声で訴えた。

「自分で選んだ騎士なのに、弟に馬鹿にされてもまともに言い返せなくて……」

「仕方、ないです……。俺、は……、下々の、生まれだから……」

「違うの！　あなたのせいじゃないの」

やはりオルテウスは、シルフィアが宮廷内でどのような扱いをされているか知らないようだった。己に原因があるとでも言いたげな言葉を遮り、シルフィアはとうとう己の出自を打ち明けていた。

自分が不義の子であること。ペトロネラの温情で牢館に住まわせてもらっていること。だから本当は王女なんて名乗れる身分ではなく、弟から軽んじられているということも。

そして最後に、嘆息しながらつけ加える。

「本当にごめんなさい。最初に話しておかないといけなかったのに。そうしたらあなただって、わたしなんかのところに来たくなかったはずだもの」

『王女の騎士になれた』と思って喜んでいただろうに、これでは騙したようなものだ。今更だけれど彼を手放し、騎士団での待遇を改善するよう働きかけるのが正解だろう。

しかしオルテウスはシルフィアの謝罪に対し、ゆっくりとかぶりを振った。

「いい、え。俺は、シル……フィアさま、の騎士に、なれて……幸せ、です」

「ありがとう。でも、そんなに気を遣わないで。専属騎士を辞めても騎士団であなたが虐められないよう、ちゃんとお父さまにもお願いするし、それに――」

「そんなことじゃありませ――っごほ、ッごほ……！」

痛めていた喉を無理やり開いたのがよくなかったのだろう。ひび割れた叫び声はすぐ、苦しげな咳に変わった。けれどオルテウスは辛そうな呼吸を繰り返しながらも、シルフィアの両手を優しく握りしめる。

「……俺に優しく、してくれたのは、……シルフィアさま……ひとりだけ。俺……シルフィアさまのそばに、いたい……です」

「さっきも言ったけど、わたしは正統な王女じゃないのよ」

「正統か、そうじゃないか……なんて、関係ない……。シルフィアさまが、俺を……助けてくれた、あの時……から、……俺が、いつか騎士となって守りたいのは、あなただけと……決め、たんです」

オルテウスの思いが、泣きたくなるほど嬉しかった。

初めて出会った時から、彼はシルフィアのことをそんなふうに思ってくれていたのだ。そして誰からも疎まれる偽りの王女だと知ってなお、その考えを変えないでいてくれる。自分の欲しかった言葉を返してもらえる。これほどの幸せを、シルフィアは今初めて知った。

「ありがとう、オルテウス。今はまだ頼りないけど、あなたにふさわしい主人になれるように頑張るわ」

シルフィアはただ守られるだけでなく、頼れる存在としてオルテウスの隣に立ちたかったのだ。喜びや楽しみを分かち合うだけでなく、苦しみにも共に立ち向かえるような、そんな関係を築きたかった。

「だから、ずっとそばで見守ってくれる?」

手を握り返しながら伝えると、しばらくの間ぽかんとしていたオルテウスが、やがておかしそうな、そして柔らかな笑みを浮かべながら言う。

「もち、ろん……です。俺も、シルフィアさまを、お守りできる……立派な騎士に……なり、ます」

殺風景な庭の中で、眩しげに細められた青い目が殊更鮮やかに輝いて見えた。

「それじゃあ、誓いを立てましょう」

シルフィアは地面に咲いていた名もなき野草を摘み、オルテウスに渡そうとした。女王は己の騎士に剣を授けるけれど、シルフィアは剣なんて持っていないから。

けれど花を差し出す直前、ふと思い立ってそれを指輪の形に結ぶ。

「こうするのよ――〝わたし、シルフィアは主人として、オルテウスに真心を捧げ、かの者を守り支えることを誓います〟。……さあ、オルテウスも」

「〝私、オルテウスは、騎士……として、シルフィアさまに真心を……捧げ、守り、支える……ことを……誓い、ます〟」

互いの薬指に花の指輪を結びつけ、誓いを立てる。

それがまるで結婚の宣誓のようだと気付いたのは、ほとんどふたり同時だった。

ひとしきり照れたように笑い合ったふたりは、どちらからともなく小指を絡め合う。

幼い主従の契り(ちぎ)りがひそやかに結ばれ、高く昇り始めた朝日だけがそれを静かに見守っている。

灰色の空が黄金に染め上げられていく。夜明けがこんなに美しいことを、シルフィアはこの時初めて知った。

三章　禍の傷痕

瞬く間に月日は流れた。

かつての誓い通り、シルフィアの傍らには常にオルテウスの姿があり、何をするにもすぐそばで見守ってくれていた。

喜ばしいことに、王女の専属騎士となったおかげか、その後、騎士団でのオルテウスに対する嫌がらせ行為はぱたりとやんだらしい。

心配になって一度、イヴェットに様子を窺わせに行ったことがあるが、心配していたようなことは一切なかったようだ。暴力をふるわれることはなくなったようだし、きちんと訓練にも参加させてもらえているらしい。

こんな自分でも他人の役に立てたのだということが、シルフィアにはとても嬉しかった。

日々に変化があったのは、オルテウスだけでなくシルフィアもだ。

ただ漠然と過ごしていた日々は、オルテウスの主人としてふさわしい立派な淑女を目指す時間へと変わり、勉強や作法の授業にもより一層やりがいを感じるようになった。

姉や弟は、王女として公式の場に出るわけでもないのにとシルフィアの努力を笑ったけれど、それでもよかった。シルフィアの頑張りはただひとり、オルテウスだけに向けられたものだったからだ。

牢館に住まう王女の護衛は、本来の騎士の役割と比べてとても退屈なものだっただろう。館周辺の見廻りをする以外に大した仕事はなく、時に下男のするような仕事さえ請け負わなければならない。

特に老下男が病がちになり、職を辞して牢館を去った後は、その全てがオルテウスの役目となってしまった。

それでも彼は不平ひとつこぼすことなく、毎日充実した様子でシルフィアに仕え続けた。毎朝の日課だった散歩のお供は、いつの間にかイヴェットではなくオルテウスの役割となった。彼は嫌な顔ひとつせず、シルフィアの歩調に合わせてゆっくり歩いてくれる。

庭が殺風景だと寂しかろうと、彼は花も植えてくれた。実家から取り寄せた鈴蘭という花の苗は、春になるとその名の通り、鈴のように可憐な白い花を咲かせた。

オルテウスがいつも纏っている鈴蘭の清潔な香りは、シルフィアのお気に入りとなった。

共にいる時、オルテウスはたびたび、古今東西のさまざまな物語を聞かせてくれた。

彼はとても物知りで、各国の歴史や文化だけでなく民話や神話などにも詳しかった。下町で仕入れたという、シルフィアの知らない物語をたくさん知っている。

魔神が閉じ込められたといういわくがある、砂漠のランプ。

妖精の世界に繋がると伝えられている、宝石でできた洞窟。

飲めば万病が治るという、秘境の湧き水。

オルテウスの話を聞いている時だけは、シルフィアは己の過ごしている小さな世界が、どこまでも無限に広がっていくような気がした。

いつか世界中を旅して、色んなものをこの目で見てみたい。その時、隣にオルテウスがいてくれたらどんなに楽しいだろう――。

気恥ずかしくて決して口にはしなかったけれど、彼はシルフィアの秘めた願いに気付き、いつか一緒に世界中を見て回ろうと約束してくれた。

そしてシルフィアの生活にもうひとつ、大きな変化があった。

それは、宮廷の外で奉仕活動を行うようになったことだ。

市井には、オルテウスのような子供たちがまだまだ存在しているという。それに比べて、いくら名ばかりの王女とはいえ、自分はどんなに恵まれていたことだろう。

何も知らず、知ろうともせず、ぬくぬくと守られていた自分が不甲斐ない。

シルフィアは匿名で孤児院や救貧院を慰問し、積極的に炊き出しや看病などを行った。そうすることで、辛い目に遭っている人々を少しでも減らそうと努力したのだ。

相変わらず外でヴェールは外せなかったけれど、火傷の痕があるのだと言えば、誰も深くは気にしなかった。

本来の身分を隠したお忍びでの活動は本当に楽だ。誰もシルフィアを不義の子と呼ばないし、父の目を恐れて心にもないお世辞を言うわけでもなかった。

もちろん、何もかも最初から上手くいったわけではない。

下町は気性が荒い人間も多かったし、金持ちの冷やかしかと水をかけられることもあった。麻薬中毒の娼婦にものすごい剣幕で罵倒され、恐ろしい思いをしたこともある。

それでも活動を続けているうちに、孤児院の子供たちはシルフィアを姉のように慕い、救貧院の人々はシルフィアを『天使さま』と呼んで頼ってくれるようになった。

皆がひとりの人間として自分を見てくれる日々は、自身を無価値だと思っていたシルフィアに、大きな存在意義を与えてくれた。

そして、初めのうちは反対していた父も、シルフィアの熱意に負け、慈善活動を後押ししてくれるようになった。

　一年も経つ頃には、下町にいくつかの新しい診療所が開設され、古びて不潔だった家々は綺麗に建て直された。町全体は美しく整備され、薄汚れていた下町の名残はもうどこにもない。

　シルフィアが懸命に訴えかけてくれたおかげだと、オルテウスは誰より誇らしげだった。

　けれどそれも、いつも隣に彼がいてくれたからこそだ。シルフィアひとりだけではきっと、ここまでのことはできなかっただろう。

　もちろん、いいことばかりだったわけではない。

　相変わらずシルフィアの周囲には不吉な影や噂がつきまとっていたし、宮廷での風当たりは年々強くなっていく一方だった。

　ある時は、顔見知りの侍従が両目をえぐり取られた状態で死んでいた。

　またある時は、深夜に窓硝子が割られ、せっかく整えた花壇が乱暴に踏み荒らされていた。拾った猫は翌朝には泡を吹いて死に、父から誕生日祝いにもらった鳥は、ずたずたに引き裂かれた状態で花壇に打ち棄てられていた。

『呪われた娘。宮廷から出て行け』

『人間のふりをしたばけものめ』

嫌がらせの手紙が投げ込まれたのも、一度や二度ではない。

そのたびに心を痛めても、肝心なところで折れずにいられたのは、オルテウスがいてくれたからだ。

彼さえいれば、どんな困難だって乗り越えていける気がする。

彼はシルフィアにとって、暗い夜道を照らす一筋の光そのものだった。

§

義母が思いがけぬ話を持ってきたのは、シルフィアが十六歳になったある日。キリギリスの鳴き声が賑やかな、盛夏の頃だった。

「久方ぶりね」

ふたりきりの室内で、大勢の女官を引き連れたペトロネラはとても上機嫌に見えた。

数年ぶりの対面だが、相変わらず華やかな女性だ。

もう四十を過ぎているというのに、その美貌には少しも翳(かげ)りが見えない。それどころか、むしろますます磨きがかかったように思える。磨き上げられた肌は温度を感じさせないほど真っ白で、銀の髪も緑の目も宝石のように輝き、素晴らしく出来のよい陶器人形のようだ。

容貌もさることながら、その態度も女王という身分にふさわしく堂々としており、自信と気品に溢れている。

「はい。お久しぶりです、お義母さま……」

従姉弟同士だというが、穏やかな印象の父と似たところは少しもない。彼女の前に出ると、シルフィアはいつも萎縮してしまう。

とはいえペトロネラは、特別シルフィアに辛く当たるわけではなかった。姉弟たちのように辛辣（しんらつ）な言葉を投げかけることも、宮廷の女官たちのように嘲笑を向けてくることもない。義母と呼ぶことも許してくれている。

寛大で公正な人なのだと思う。

「おかけなさい、シルフィア。今日はあなたに、とてもよいお話を持ってきたのですよ」

ゆったりと長椅子に腰掛けながら、ペトロネラは手を振って女官たちを退室させた。その仕草は、まるで彼女こそがこの館の主であるかのようだ。シルフィアは遅れてのろのろと彼女の向かいに腰を下ろし、緊張の面持ちで話の行方を見守った。

「ローエン王国は知っているでしょう？　我がアルツェルンの同盟国の」

「は、はい。芸術の盛んな、美しい国だと聞き及んでおります……」

地理や歴史の授業で教師から学んだことがあるし、オルテウスから聞いたこともある。

馬車が主な移動手段のアルツェルンとは違い、かの国では張り巡らせたかのように町中に流れる運河を、ゴンドラと呼ばれる小さな船で移動するらしい。国民は皆、音楽を愛し、道を歩けばどこからかヴァイオリンの音色や歌が聞こえてくるのだそうだ。

いつか許されることがあれば、行ってみたいと思っていた国のひとつだった。

けれど一体、どうしてその国の名を今、ペトロネラが口に出したのかわからない。

「そう。そのローエンの公爵と、あなたの縁談が決まったことを伝えにきたの」

なんの前触れも心構えもなくいきなりもたらされた話に理解が追いつかず、大きく瞬きを繰り返す。

けれどペトロネラはシルフィアの思考が整うのを待つことなく、話を続けた。

「公爵は学者も舌を巻くほどの博識で、動物や草花を愛する優しい方だそうよ。それに年齢もあなたと釣り合いが取れるわ。何より同盟国同士の結婚は、互いの国にとっても有益ですからね」

きっとペトロネラは、シルフィアを早く宮廷から追い出したいのだ。

そして実の娘でもないのにこれまで面倒を見てきた分、政略結婚の駒として少しは役立つようにと言いたいのだろう。

「でも……。お姉さまもご結婚はまだなのに……」

　グリシエラはシルフィアより八歳も年上だが、結婚どころかまだ誰とも婚約すら結んでいない。一般的に、妹が姉より先に結婚するのは体裁が悪いと言われることくらい、牢館で引きこもって暮らすシルフィアも知っている。

　いつかは義母の決めた相手と結婚することになるだろうと思っていたが、いくらなんでも早すぎるのではないだろうか。

　シルフィアの言いたいことを、ペトロネラはすぐに察したようだった。

「確かに、少し早いかもしれないわ。でも、私があなたと同じ年の頃にはもう、グリシエラを身ごもっていましたよ」

「でも、あの、オルテウスは……わたしの専属騎士は、連れて行けるのでしょうか」

「まあ、シルフィアったら」

　ペトロネラは困った子供を見るような苦笑を浮かべ、少し呆れたように頬に手を当てた。

「彼はダンタリアン男爵家の後継者でしょう。いずれはあなたの護衛を辞して、所領を継ぐ身なのよ」

　言われてみればその通りだ。けれど幼いシルフィアはこの時まで、オルテウスと離ればなれになる未来を想像したこともなかった。

彼にだって彼の人生がある。一生シルフィアのお守りをするわけにはいかないことは、少し考えればわかったはずなのに。

「それでなくとも、妻と年齢の近い異性がついてくるなんて、夫にしてみれば不愉快なことよ。連れていくのは侍女だけになさい。――お利口なシルフィアなら、私の言っていることがわかるわよね？」

珍しく、威圧的な口調だった。ペトロネラは痛いほど強くシルフィアの両手を握りしめ、どこか焦れたような眼差しを送ってくる。こうまでされれば、厄介なお荷物でしかないシルフィアは、頷く以外の選択肢を持たない。

「……わかりました、お義母さま。そのお話、喜んでお受けいたします」

その返答に、ペトロネラは安心したようだった。

「そう、よかったわ。結婚は半年後よ。後日、花嫁衣装や輿入れの支度のために女官を寄越すから、そのつもりでいてちょうだい」

去っていく義母を、シルフィアは重苦しい気持ちで見送ることしかできなかった。

§

義母に続いてユリアスが牢館を訪ねてきたのは、その日の夕刻のことだった。

シルフィアはちょうど夕食の最中で、部屋の隅に控えるオルテウスにどう話を切り出そうかと悩んでいた。

イヴェットや下男には既に結婚の話をしていたものの、訓練場から戻ってきたオルテウスにはどうしても言い出せないまま、こんな時間になってしまったのだ。

それでも話さないわけにはいかず、迷いながら口を開いたその時。なんの断りもなく玄関扉が大きく開かれ、陰気な牢館に不釣り合いなほど朗らかな声が響き渡る。

「ごきげんよう、姉上」

思いがけぬ異母弟の来訪に驚き、手にしていた匙(さじ)をつい、床の上に取り落としてしまった。すかさずイヴェットがやってきて、新しいものと取り替える。しかし礼を言うことすら忘れるほどに、シルフィアは動揺していた。

「ユリアス。ごきげんよう……」

半年ほど前からだろうか。以前はこの場所を毛嫌いしていたユリアスが、なぜか頻繁に訪ねてくるようになったのは。

シルフィアとしては、弟と仲良くなれる機会が増えるのであればとても嬉しい。

けれど彼の態度からは、なんとなく得体の知れない不穏さが感じられ、素直に歓迎できないのだ。気の重い訪問者を前に、シルフィアは苦心してようやく笑顔を作った。

「どうしたの？　今日はなんのご用？」

「母上から聞きましたよ。ご結婚が決まったそうですね。おめでとうございます」

食卓まで近づいてきたユリアスがシルフィアの目の前で足を止め、大仰なほど優雅に膝を折る。それと同時に、部屋の隅に控えていたオルテウスが微かに身じろぎしたような気がした。咄嗟に様子を窺おうとしたが、探りを入れるような異母弟の視線が、それを許してくれない。

「お相手はローエンの公爵だとか。驚きましたよ。姉上がそんな立派なお相手と結婚するなんて。でも、寂しくなるなぁ。――お前もそう思うだろう？」

最後の質問は、オルテウスに投げかけられたものだった。

さびついた螺旋巻き人形のようなぎこちない動きで、シルフィアはオルテウスに視線を向ける。静かに佇む彼の顔は無表情で、その内心は窺い知れない。けれどごく僅かに、唇が強張っているように見えるのは気のせいだろうか。

「姉上が嫁いだら、お前はお役御免だ。そうしたら、僕の専属にしてやろう」

「ユリアス、それは――」

「この騎士には、前から目をつけていたんです」

ユリアスはオルテウスに意味深な笑みを送り、次いでシルフィアを見遣る。

「僕の騎士たちの誰より綺麗な金髪だし、特別美しい顔をしている。隣に立たせればきっと見栄えがするでしょう」

かつてオルテウスを『物乞い』と貶した口が、今度は彼への賛辞を紡ぐことに、自然と嫌悪が込み上がった。

「それに姉上はご存じないかもしれませんが、彼の実力であればいずれは騎士団長も狙えると、もっぱらの噂ですよ」

そんなことは初耳だった。

オルテウスは、騎士団での出来事をあまり話したがらなかったからだ。だからシルフィアもあまり深くは追及しないようにしていたのだが、まさか彼がそれほどまでに立派な騎士として身を立てていたなんて。

「姉上だって、自分の元護衛が出世したら嬉しいでしょう？　こんな狭い館で庭師や下男の真似事なんかしなくても、王子付きの騎士になれば、いくらでも華やかな社交の場に出席することができるんですよ」

冷水をかけられたような気分だった。

初めて出会った時から七年。その短くも長くも思える時間は、痩せ細っていた十三歳の少年を成長させるには十分な歳月であった。

貧弱だったオルテウスの体軀は日々の鍛錬で鍛え上げられ、しなやかな筋肉に覆われている。シルフィアとほとんど変わらなかった身長は、いつの間にか見上げるほどに高くなっており、手足もすらりと長い。

短く切った金の髪は麦の稲穂のように輝き、知性をたたえた青い目はこの世のどんな宝石より輝いて見えた。

シルフィアは出席できなかったけれど、つい先日行われた正騎士への叙任式でのオルテウスの佇まいは、それは立派だったそうだ。宮廷中の貴婦人たちが、鎧姿のオルテウスに甘く切ないため息をこぼしたと漏れ聞いている。

オルテウスはもう、シルフィアの助けを借りねば生きていけない、薄汚れて死にそうだった少年ではない。自分ひとりの足で立派に立てる、絵物語の王子のように美しい騎士なのだ。

一方、シルフィアはどうだろうか。

淑女としての作法を学び、さまざまな勉強に励んできたけれど、所詮は呪われた娘。その成果を披露する場など与えられるはずもなく、華やかな催しとは無縁に過ごしている。

シルフィアは見たことがないけれど、宮廷では騎士たちが槍や馬術の腕前を披露する御前試合や、彼らの健闘をたたえる夜会が頻繁に開催されているらしい。

オルテウスは、自身の栄光をひけらかすような真似はしない。けれどシルフィアの知らないところで、めざましい活躍を見せてきたのだ。

ユリアスの口ぶりからは、十分にそれが伝わってきた。

ずっと一緒にいたいなんて、どうしてそんな驕った我儘を口にしてしまったのだろう。

いつか世界中を旅して、彼とさまざまな場所を共に訪ねたいなんて、おこがましいにもほどがある。

オルテウスにはもっと、彼の輝きに見合った場所があったはずなのに。

薄々気付いていていた残酷な事実に、シルフィアは唇を噛んだ。

「……わかったわ」

そしてオルテウスのほうを見ないようにしながら、頷く。それが最善の方法だと思ったからだ。

「わたしが嫁いだら、オルテウスのことはあなたにお願いする。どうか、大切にしてね」

本当はいつまでも、自分だけの騎士でいてほしい。

けれどそんなものは、シルフィアの身勝手な我儘でしかないのだ。

大切な人が幸せになれるのなら、この胸を刺すような寂しさにもきっと耐えられる。

だからシルフィアはもう、彼の手を放さなければ。

§

「どういうことですか」

ユリアスが去ってすぐ、オルテウスは大股でシルフィアの許までやってきた。そしてシルフィアを見下ろしながら、静かな、けれど怒りを抑えきれない声を上げる。

「俺は何も聞いていません。結婚？　ローエンの公爵と？」

かつてのように彼が自分を『俺』というのは、本当に久しぶりだった。つまりそれだけ、外面を取り繕えなくなっているということだ。

「わたしも、今日初めて聞いたの……。お義母さまがいらして……」

それでも消え入るような声で主張すれば、オルテウスはますます苛立った様子でシルフィアに詰め寄った。

「それで、話を受けたんですか。相談もなく、俺を置いていくつもりで？」

「食事の後、話そうと思っていたの。本当よ。その……お義母さまはこれまでわたしの面倒を見てくださったたし、少しでもお役に立たないとって……」

「そんなこと……、自分をこんな場所へ追いやった人への負い目のために、好きでもない相手との結婚を唯々諾々と受け入れるというのですか」

揶揄するような物言いに、頬が熱くなるのを感じた。シルフィアだって、喜んで縁談を受けたわけではない。けれど『呪われた娘』が義母の提案を聞いた時、頷く以外に一体何ができたというのだろう。

なけなしの矜持を振り絞って、シルフィアは胸を張る。いつもより暗く沈んだ青い瞳と視線が合い、少しだけ怯みそうになったけれど、勇気を出して彼を見据えた。

「わたしでなく、ユリアスの口から知らせることになってしまったこと、ごめんなさい。でも、このほうがあなたにとってもいいと思うの。だから……今度からはわたしの代わりに、ユリアスを守ってあげて」

オルテウスが息を呑み、空気が逆巻くような気配がした。

いつ怒鳴られるかと、シルフィアは身を固くする。けれど彼は拳を硬く握りしめると、小さく呟く。

「俺が守りたいのは、姫さまだけなのに。ずっと一緒にいると言ったくせに……」

「オルテウス――」

「姫さまは嘘つきだ」

そう言い残すと、彼は踵を返して去っていった。

——追いかけようと思った。

けれど足は動かず、声すら出せなかった。

たとえどんなに責められ、詰られようともこの決定が覆ることはない。

そう思うと、切り裂かれたように胸が痛んだ。

本当は結婚なんかせず、いつまでもオルテウスと一緒にいたい——そう言えれば、どんなによかっただろう。

ふとした時に見せる、困ったような微笑みが好きだった。

シルフィアの頭を撫でる、柔らかな手つきが好きだった。

ゆっくりと隣を歩き、時折立ち止まってはシルフィアの様子を窺う、優しい彼が大好きだった。

今更になって気付く。シルフィアはオルテウスに恋をしていた。きっと、こうして自覚するよりずっとずっと前から。

けれど、その恋は決して始まらない。始まる前に、自分自身の心の中で終止符を打ったから。

オルテウスはユリアスの騎士となり、遠い人となる。叶いもしない願いを口にして、みっともなく未練に縋るような真似はしたくない。

せめて最後だけでも、オルテウスの主人として、彼の足枷にならぬように振る舞いたかった。こんな自分でも誰かの役に立てると教えてくれた恩人に、楽しい時を過ごさせてくれた彼に、少しでも恩返しがしたかった。

元々、呪われた身には過ぎた幸福だったのだ。

ローエンに嫁いでも、この七年を一生胸に抱いて生きていこう。

大切な小鳥を喪ってただ誰かに甘えて泣くことが許された、小さな女の子でいられる時間はとうに過ぎたのだから。


しかし時に悲劇は、人を思いも寄らぬ形で不幸に陥れるものである。

その夜、就寝の準備を済ませたシルフィアは牢館へ押し入った男に襲われ――窮地を救ったオルテウスは、一生消えない傷をその身に背負うこととなった。

§

オルテウスが不幸になったとすれば、それは全てシルフィアのせいだ。

あの夜、シルフィアが悲鳴を上げさえしなければ、彼は今頃ユリアスの騎士となり、華々しい活躍をしていただろうに。

シルフィアの悲鳴を聞いて駆けつけたオルテウスは、暴漢ともみ合った際に顔へ松明の火を浴びた。命に別状はなかったが、顔の右半分の皮膚が惨く焼け爛れ、一時は失明を危ぶまれるほどであった。

幸いにして視力にはなんら影響がなかったが、酷い瘢痕が残ることは間違いない。後遺症として、引きつるような痛みに悩まされる可能性もあると医者は言った。

ならず者の存在に怯え、寝室で震えながらただふたりが争う音を聞いていたシルフィアは、後になってそのことを知り激しく後悔した。

自分の命は、果たして彼の苦痛や未来と引き換えにするほど大切なものだっただろうか。

暴漢はオルテウスによって命を絶たれたため、動機や狙いはわからずじまいだった。誰かの指示だったのか、あるいは単独犯だったのかも。

しかし、侵入者の噂は、瞬く間に宮廷中を駆け巡ったようだ。

第二王女はならず者に純潔を奪われたとされ、縁談は当然のように立ち消えとなった。

事件の後、一度だけユリアスが牢館を訪れたことがある。彼は、爛れたオルテウスの顔を見るなり眉をひそめ、冷徹に言い放った。

『僕は美しいものが好きなんだ。完璧でなくなった騎士などいらない』

弟に対して、あれほど強く怒りを覚えたことはない。

たとえどれほど惨い火傷を負ったところで、オルテウスの真価は変わらないのに。

だが、周囲にとっては決してそうではなかったのだろう。

だからこそシルフィアの胸には、弟に対する以上に、自分自身への憎悪が強く込み上げた。こんな重い枷を彼に負わせるくらいなら、助けてなどと叫ばなければよかった。誰より大切な彼を傷つけるくらいなら、こんな命、暴漢にくれてやればよかった。

もっと早く、彼をユリアスの許へ送っていればよかった――。

シルフィアは主人として、オルテウスを守ると誓ったのに。

（わたしは、本当に嘘つきだわ……）

事件後、オルテウスが恨み言ひとつ言わないのが、シルフィアには余計に辛かった。

彼はシルフィアを責めるどころかその無事を喜び、逆に労ってくれたのだ。

『怖かったでしょう、姫さま。私は大丈夫。主人を守れて本望です。これは名誉の傷なのですから、どうか気にしないでください』

澄んだ目で告げる彼の姿が痛ましく、そして心底恐ろしかった。

彼はきっとこの先も主人を守るためならば、それがどんな危険な荊（いばら）の道だろうと躊躇わずに飛び込んでいくだろう。

だから、これ以上の醜聞を避けるためにと、ペトロネラがシルフィアを修道院へ預けることに決めた時は、正直安堵した。これでもう、オルテウスが自分のために犠牲になることはなくなる――と。


山間にある修道院では、牢館での生活が贅沢に思えるほど、絵に描いたような清貧な生活を送った。

毎朝日が昇る前から起き出し、祈りを終えると、修道女たちに混じって清掃や洗濯を行い、自分たちで拵（こしら）えた質素な食事を取る。

礼拝後は書棚の整理や、礼拝用の道具の手入れ。

そして昼にはまた礼拝が行われ、昼食後は恵まれない人々に施すための衣服をひたすら縫ったり、畑で栽培している農作物の世話をしたりする。

日差しがあまり強くない日には、地域の奉仕活動や、救貧院への慰問に参加することもあった。

そして夕食と夜の祈りを終え、一日の感謝を神に捧げてから、眠りにつくのだ。

意外なことに修道女たちは皆、シルフィアの赤い目や黒い髪を見ても驚かなかった。ペトロネラから前もって聞いていたのかもしれないが、誰も異端な容姿を嘲笑ったり、恐れたりしない。逆に、王女として特別扱いされるようなこともなかった。

神に仕える人々に自分の姿がどう映るか心配していたシルフィアにとって、それは嬉しい誤算だった。

おかげで修道院ではシルフィアは呪われた王女ではなく、ただの修練女として過ごすことができた。

神に守られた場所にふさわしく、修道院での毎日はとても穏やかなものだった。周囲で不吉な出来事が起こることも、生きものが死ぬこともない。

平穏な毎日を送る中で、それでもオルテウスのことを思わない日は一日もなかった。

修道院の決まりで、手紙は半月に一度、肉親にしか出せないことになっている。

だからシルフィアは毎回、父へ出す手紙でオルテウスの近況について問いかけた。

自分がいない間、彼はどう過ごしているか。

よくよく身体を休めて療養するようにと伝えておいたけれど、無理はしていないだろうか。きちんと医者の言うことを聞いて、自愛しているだろうか。

こうして自分が穏やかな生活を送っている間も、オルテウスが苦しみの中で過ごしているかもしれない。

シルフィアの心には常に、オルテウスへのそんな負い目が影のようにつきまとっていた。

『お前が一刻でも早くこちらへ戻ってこられるよう、一生懸命ペトロネラを説得しているところだ』

父からの手紙には折に触れて、そのようなことが記されていた。

けれどシルフィアはいっそ、このまま一生を修道院で過ごしていたかった。

俗世から離れ、信仰の日々を送る中で、大切な人の幸せを祈っていられたら。

神の御許で過ごしているうちに、シルフィアの罪もいつか洗い流される時がやってくるかもしれない。

しかし、その願いが叶うことはなかった。

己の罪を悔い改めるようひっそりと過ごすシルフィアの許へ、それから一年後、ペトロネラから再度の縁談がもたらされたからだ。

今度の相手はシルフィアの母の故郷、ブルドゥ帝国の王族のひとりだった。シルフィアより四十歳以上も年上で、既に三人の妻と、複数の子がいるらしい。

祖父ほど年の離れている相手。しかも妻子持ちだ。初婚の娘にふさわしい相手とは言いがたい。

とはいえ、傷物と悪評の立った娘にとっては、王族との縁談というだけでこれ以上ない好条件だ。

その上ペトロネラは、シルフィアが嫁いだ後、オルテウスを近衛騎士として取り立てることを約束してくれた。

シルフィアはすぐにペンをとり、了承の返事を送った。結婚相手が誰かなんて、もはやどうでもよかった。

――これでようやく、本当の意味でオルテウスを自由にできる。

少しは自分もオルテウスの役に立てるのだ。そのことを、シルフィアは誇りに思っていた。

それなのに一体、どこで道を外したのだろう。

父ラマルディィエ公爵の謀反によりシルフィアが投獄されたのは、それから三ヶ月後のことだった。

四章　あなただけの騎士

十一歳の頃のオルテウスにとって、自分の人生とは実に下らない、価値のないものであった。

世の中には、愛情深い両親の許に望まれて誕生し、優しさと慈しみに包まれて育つ子供もたくさんいるのだろう。

けれどオルテウスは、そんなものとは無縁の子供時代を送っていた。

春をひさがねば生きていけない貧民階級の女と、その女に気まぐれに手をつけて孕ませた貴族階級の男。

それがオルテウスの両親だ。

親とは言っても、それらしい愛情やら気遣いを受けた記憶は一切ない。

父とはそもそも一、二度しか顔を合わせたことがなかったし、そのたびに投げつけられたのは罵声だった。

「そのような薄汚い子供が、我が息子であるはずがない！」

オルテウスと同じ色の髪と目をした男は、援助を求めて屋敷までやってきた母子を、まるで野良犬のように追い払った。

一方母はというと、安酒を飲んではよく癇癪を起こし、オルテウスに八つ当たりをした。

「お前さえ産めば貴族の妾になれると思ったのに、とんだ役立たずめ！」

「出て行け穀潰し！　顔も見たくない！」

物心ついた頃には既に、暴言と共に顔を殴られるのが日常だった。

娼館の女将が仲裁に入ってくれることもあったが、原型がわからなくなるほど顔を腫らしたことも、一度や二度ではない。酷い時になると、割れた酒瓶の欠片で背中に『役立たず』と書かれたこともあった。

オルテウスにとって幸いだったのは、傷の治りが異常に早い体質を持って生まれたことだろう。それがどんなに酷い怪我であっても、常人が回復する半分ほどの時間で、すっかり痕が消えてなくなるのだ。

医者にもろくにかかることのできない不潔な下町で、病と無縁に育つことができたのも、そのおかげなのだろう。

母が死んだのは、オルテウスが十一歳の時だった。

酒浸りの生活がたたって身体を壊したかと思えば、安価な麻薬にまで手を出した女の最後は悲惨なものだった。最期のほうは寝たきりのまま、息子や世の中への呪詛を吐き続け、苦しみながら死んでいった。

共同墓地とも言えぬような場所へ雑に埋葬された彼女が残したのは、いくつかの衣類と、薄汚い布でできた人形だった。

女将曰く、母はまだ少女だった頃、はした金と引き換えに親に売られたそうだ。『いつか迎えに来る』という言葉を信じ、親からもらった人形を後生大事に持っていたらしい。毎日抱きしめて眠っていたせいですり切れ、ボロボロになり、薄汚く黒ずんだそれを。

オルテウスは母を初めて哀れだと思った。

けれど口からこぼれたのは、母を悼む泣き声ではなく、乾いた笑い声だった。

醜いアヒルの子が実は美しい白鳥だったなんて、おとぎ話の世界だけ。白鳥の子は産まれながらにして白鳥だし、アヒルの子はどこまでいってもアヒルでしかない。

屑は一生屑のまま、下らない人生を終えるのだろう。

この薄汚れてくすんだ灰色の町に囚われたまま、母のように。自分のように。

母の死後、オルテウスは男娼として店に立つことが決まっていた。本来、娼館で働けるのは十四歳からと定められているらしいが、法律なんて上流階級だけのものだ。下町で、そんなものが役に立ったことなど一度もない。

「あんたは器量よしだからね。紅を差して綺麗な服を着て、にっこり笑ってりゃ、きっとお貴族さまのお気に入りになれるよォ」

そのことで女将を恨んだことはなかった。それが彼女の生業（なりわい）だし、当時のオルテウスが生き延びる道も、恐らくそれしかなかっただろうから。だが、オルテウスが商品として店に並ぶことはなかった。父の使いと名乗る者が、その前に迎えに来たからだ。

「お父君は、あなたがた母子を放置していたことを心から後悔なさっておいでです。これからは本邸にて、ダンタリアン男爵家の跡目としてふさわしい教育をと――」

長々と耳触りのいい言葉で取り繕ってはいたものの、つまるところはこうだ。

父は正妻との間に跡継ぎが産まれず困っていた。だから仕方なく、娼婦の産んだ子を引き取ることにしたのだ。

かつて薄汚い子供と罵った相手を嫡男として迎えなければならないなんて、なんという皮肉だろう。身体を売らずに済むことだけは感謝したが、実の父に引き取ってもらえる高揚感など、微塵も感じなかった。

男爵家では、父と彼の正妻、そしてふたりの異母姉と、まだ赤子の異母妹がオルテウスを出迎えた。いかにも育ちのよさそうな娘たちだった。

父はまだしも、正妻と異母姉たちは明らかに、オルテウスの存在を快くは思っていなかった。挨拶もそこそこにさっさと部屋へ引っ込んでいき、以降、顔を合わせることは一度もなかった。

当然だ。父が若い頃に犯した過ちの証を突然跡継ぎと思えだなんて、生粋の貴族である彼女らには耐えがたい屈辱だっただろう。

オルテウスのほうとて、別に義母や姉妹たちと仲良くなるつもりなど毛頭なかった。

そして父も、下町育ちの息子と大切な箱入り娘たちを、不必要に近づけたくはなかったようだ。

父から宮廷への出仕が決まったことを告げられたのは、男爵家に引き取られて半年が経ち、十二歳になったのと同時だった。

「私も若い頃は、騎士団で厳しく鍛え上げられたものだ。鍛錬を積み、男爵家の跡目として必要な教養と、高潔な精神を身に着けてくるがよい」

なるほど。高潔な精神とやらを持っていれば、自身の息子を産んだ女を酒浸りのまま死なせても、平気な顔をしていられるらしい。

たとえどんなに高貴な立場であろうと、美しい装いをしていても、所詮人間というのは薄汚れた醜いばけものなのだ。

より強くそのことを実感したのは、そうした経緯を経て騎士団へ入団した日のことだった。父はオルテウスのことを、対外的には『病弱ゆえに幼い頃から別荘で療養させていた息子』と説明していたようだ。しかし、事実というのはどこからか漏れるものである。

オルテウスを待ち受けていたのは、侮蔑(ぶべつ)や嫌悪にまみれた視線だった。

「薄汚い娼婦の息子」

「男娼くずれの野良犬」

誰もがオルテウスをそう呼び、蔑(さげす)んだ。

僅かな残飯しか与えられず、冷たい床の上で寝ることを強(し)いられ、僅かでも失敗をすれば殴る蹴るの暴行を加えられる。オルテウスは、厳しい集団生活の憂さ晴らしとして格好の標的だったのだ。

本来ならそういった行為を窘めるべき騎士団長でさえ、騎士たちの振る舞いを黙認していたのだから、本当に救いようがない。

オルテウスはその時まで、王宮というのはきらびやかで色鮮やかな、美しい場所なのだと思っていた。だが、実際はどうだ。

下町となんら変わらない、くすんだ灰色の壁が広がっているだけのつまらない場所。ごてごてに着飾った、自尊心ばかりが強いばけものたちの巣窟でしかない。

剣を持たせれば英雄と呼ばれるあの騎士も、貴婦人たちがこぞって色目を使うほどに美しいあの騎士も。

(なんだ。白鳥もアヒルも、皆、人の皮を被ったばけものじゃないか)

辛くはなかった。ただただ、滑稽だった。

長きに渡って母に虐げられてきた中で、自分は感情というものを失ったのかもしれない。

彼女と出会ったのは、そんな毎日を送っていたある日のことだった。

その日は訓練場がやけに騒がしく、同期の従騎士たちもどこか浮き足立っていた。

噂話に耳をそばだててみれば、どうやら第二王女とやらが専属騎士を定めるため、わざわざ訓練場へ足を運んでくるらしい。

王族の護衛に選ばれるなど、さぞかし光栄なことだろう。そう思っていたが、皆、なぜか浮かない様子であった。

――なんにせよ、自分には関係のないことだ。

喧騒を尻目に、オルテウスは命じられた雑用を淡々とこなした。

その日の仕事は、厩舎で飼われている馬たちに飼い葉を与えることだった。

本来ならば同期の従騎士たちと共に行うべき作業だったが、彼らは重い物を運ぶことを厭い、その全てをオルテウスに押しつけたのである。

細腕で飼い葉桶を運ぶのは大変な仕事だった。何度か転び、醜態を嗤われながら、それでもオルテウスはなんとか己の務めを果たした。

だが、ようやく次の作業に取りかかろうとした時。

「おい、お前。また飼い葉桶を引っ繰り返したな」

「また俺たちに、お前の失敗の尻拭いをさせるつもりか？」

運悪く、四、五人の同期の少年たちに捕まってしまった。普段から、主だってオルテウスを虐げている顔ぶれだ。彼らはオルテウスを厩舎の陰まで引っ張っていくと、容赦なく暴力をふるった。自分たちの仕事を増やされたことに立腹しているようだ。

いつものことだ。

じっとしていれば、そのうち飽きていなくなる。

顔を殴られ、腹を蹴られ、髪を引っ張られても、オルテウスは呻き声ひとつ上げず痛みに耐えた。

耐えて、耐えて――。

やがて、自分でも気付かぬうちに気を失っていたようだ。

意識が朦朧としている間、オルテウスは何度も夢を見た。

燃える炎のような、あるいは朝焼けの空のように美しい、澄んだ赤い目をした少女の夢だ。彼女はオルテウスと目が合うたび、優しい声で「もう大丈夫よ」と言いながら、微笑んでくれる。

後になって、それは夢でもなんでもなく現実に起こったことだと知ったのだが、その時のオルテウスはすっかり、自分はとうとう天に召されてしまったのだと思い込んでいた。

(だってこんなに綺麗な赤い目、見たことがない)

世界中の宝石をかき集めても、この輝きに勝るものは見つからないだろう。

だからきっと彼女は、天国にいるという天使さまなのだ。

彼女がシルフィアという名前で、この国の第二王女だとわかったのは、それから数日後。はっきりと、夢と現実の区別がつくようになってからのことだった。

聞けば彼女は、あの乱暴な同期たちからオルテウスを庇い、自分の専属騎士として取り立ててくれたらしい。

この痩せっぽちで、なんの取り柄もない、ひ弱な少年をだ。

その上、衰弱したオルテウスを看病し、何くれとなく気遣ってくれる。

シルフィアがどうしてそんなことをするのか、オルテウスにはわからなかった。

自分の慈悲深さを周囲にひけらかすための、道具にするつもりだろうか。

最初の頃こそ、そんな穿った考えが頭を過ることもあったが、シルフィアと接するうちに、オルテウスはそれが大変な誤解であることを思い知った。

彼女は、まだ上手く食事ができないオルテウスのために、手ずからパンやスープを食べさせてくれた。それらを消化できずに吐き戻した時も、嫌な顔ひとつせず背中をさすり続けてくれた。悪夢を見てうなされた時は、再び眠りに落ちるまで優しく頭を撫で、子守歌を歌ってくれた。

母にすらそんなことをしてもらった記憶はなく、戸惑いと共に、嬉しいような、どこかむず痒いような、温かな気持ちになったことをよく覚えている。

そうして体力が多少回復し、自分で歩けるようになったのを見計らい、シルフィアはオルテウスを庭へ連れ出してくれた。

館の庭は殺風景で、花壇には花のひとつも植えられていなかった。それでも彼女と並んで歩くだけで、灰色に染まっていた世界が鮮やかに色づいて見えた。

木々はこんなにも青々と茂り、逞しく地面に根付いていたのか。

秋の風はこんなにも爽やかで、心地のよいものだったのか。

館を取り囲む灰色の塀の向こうに見える空は、すがすがしいほどに青かった。空は青いのだという当たり前のことに、オルテウスはその日初めて気付いた。

「あのね、わたし、ずっと憧れていたの。こんなふうに年の近い誰かと、外をお散歩したりお話ししたりすること」

共に歩きながら、シルフィアは意外なことを口にした。

「おひめさま……なのに……？」

不思議に思って首を傾げた瞬間、彼女が悲しげに目を伏せたのを見て、オルテウスはたちまち自分の発言を後悔した。

言い訳をさせてもらえるならば、本当に知らなかったのだ。貴族たちにとっては常識であろう宮廷の事情を、下町の住民だった少年が知る由もない。

だが、少し考えればわかることだっただろうとも思う。

第二王女という身分であるにも拘わらず、シルフィアはいつも、小さな館の敷地から出ることなく、ひっそりと息をひそめて暮らしていたのだから。

「あの、あのね、わたし——」

愚かなオルテウスに、シルフィアは何かを告げようとしていた。だが、ちょうどその時、ふたりの前に前触れもなく訪問者が現れた。

第一王子ユリアス。シルフィアの弟だ。

彼は、新しく姉の専属騎士となった『下町出身の少年』を見物にやってきたようだった。

オルテウスを見るなり嫌悪に眉をしかめ、姉の制止も聞かず、散々に罵り尽くす。

それ自体は慣れたことだから、別にかまわなかった。

今更、傷つくようなことでもない。

けれどシルフィアは、ユリアスの傲慢な言動に憤り、代わりに謝ってくれた。そして、なんてことないと笑うオルテウスの代わりに、涙を流してくれた。

「あなたは慣れたって言うけれど、痛いことに変わりはない。それに、身体だけじゃない。心だって痛みを感じるのよ……！」

迸るような叫びに、心が強く揺さぶられる。全身を熱い血潮が駆け巡る。

胸の中に眠っていた全ての感情を呼び覚まされるような、鮮烈な感覚だった。

――誰かが自分のために流す涙というのは、これほどまでに温かいものなのか。

人形に息を吹き込むように、シルフィアの涙は、死人も同然だったオルテウスの心に温かな感情をもたらした。

彼女が宮廷で大勢の人々から蔑まれているなんて、そんなことはどうでもよかった。

オルテウスにとって、シルフィアは女神だ。

一度は死んだはずのこの心に、再び命を与えてくれたからだ。

彼女はオルテウスにとって、仕えるべき主人という以上に、尊ぶべき存在だった。

だから彼女が、ずっとそばで見守ってくれるかと聞いてくれた時、オルテウスは天にも上る心地だった。

自分は、この人に出会うために生まれてきたのだ。この人を守るために、これまで生きながらえてきたのだ。

ただ呼吸をしていただけの毎日にも意味があったのだと、ようやく思うことができた。

自らの命の意味を、彼女の存在によって見いだせた。

ぎこちない主従の契りを交わしながら、オルテウスはこの先ずっと、彼女のそばにいられる幸福を噛みしめていた。

——まさか数年後、シルフィア自身の手によって、その幸せを壊されてしまうとも知らずに。

§

オルテウスが館で暮らし始めて、七年が過ぎた。その間、オルテウスはシルフィアと厚い信頼を築き、たくさんの思い出を積み重ねていった。

庭が寂しいという彼女のために、花壇に花を植えた。

外の世界を知らない彼女のために、世界中のさまざまな物語を読み聞かせた。

彼女が眠れないと言えば、老侍女の目を盗んで台所に忍び込み、ふたりで夜のお茶会をした。

シルフィアは、本当に優しい主人だった。

オルテウスが騎士団での鍛錬を終えるたび、今日は虐められなかったか、嫌なことを言われなかったかと心配そうに問うてくる。

そして、オルテウスのような不幸な子供を少しでも減らしたいと、自ら下町へ赴いて慈善活動を行うようにもなった。『天使さま』と呼ばれ、笑顔で子供たちと触れ合うシルフィアの姿を、オルテウスは心から誇らしく思った。

それと同時に、少し寂しく、妬ましくも思った。

――あの笑みは、自分だけに向けられていたはずのものなのに。

子供じみた嫉妬心だ。こんな感情を抱くなんて、王女に仕える騎士としてとてもふさわしくない。

だが、あの赤い瞳が映すのは自分ひとりであってほしかった。

あの柔らかな手が触れるのは、自分だけであってほしかった。

彼女の声も、吐息も、髪も、爪も、全て自分だけのものにしたい。

彼女を傷つけるものは、それがなんであっても決して赦さない。

八年という歳月の中で、オルテウスの心は、シルフィアと出会った当初とはすっかり形を変えてしまっていた。

まっすぐな忠誠心は、醜い独占欲へ。

清らかな崇敬の念は、燃え滾るような恋情へ。

——否、恋というにはあまりにもおこがましい。それは、切なくて狂いそうなほどの執着だった。

けれどそんな心の内を知られれば、彼女はきっとオルテウスから離れていってしまう。

恐れられ、怯えられ、避けられるくらいならば、オルテウスはただの従者のままでよかった。そうすれば、ずっと彼女のそばにいられるのだから。

ユリアスが思いがけぬ報せをもたらしたのは、そんな日常が永遠に続くと思っていたある日のこと。うだるような、暑い夏の夕べだった。

「ご結婚が決まったそうですね。おめでとうございます」

なんの前触れもなく館を訪れたユリアスが、もったいぶった口調で祝いの言葉を述べる。

その瞬間、オルテウスは時が止まったような錯覚に見舞われた。

（なんの冗談だ）

どうせまた、姉を貶めるために適当なでまかせを口にしているに違いない。

縋るような思いでシルフィアを見た。しかし彼女は気まずそうに視線を落としたまま、決してオルテウスと目を合わせようとはしなかった。

ユリアス曰く、彼女の結婚は女王が定めたものらしい。相手は同盟国の公爵。王女の結婚相手としては、この上なく適切な相手だ。

だが、オルテウスは少しも喜べなかった。

（喜べるものか）

結婚すればシルフィアは遠くへいって、二度とこの国へは戻ってこない。そして彼女の夫となる人が、異性の従者がそばにいることを許すはずもなかった。

「姉上が嫁いだら、お前はお役御免だ。そうしたら、僕の専属にしてやろう」

どうだ、嬉しいだろうと言わんばかりのユリアスの態度が酷く勘に触る。

彼はこのところ頻繁に訓練場を訪れてはオルテウスにつきまとい、自分の専属騎士にならないかとしつこく勧誘を続けていた。だから姉が結婚すると聞き、これ幸いと喜び勇んで飛んできたのだろう。

あれほど馬鹿にしていたにも拘わらず、少しオルテウスが御前試合で活躍したからといってそばに置きたがるなど、ずいぶん都合のいい話だ。

けれどオルテウスは少しだけ、期待していた。

かつてユリアスがオルテウスを『物乞い』と罵った時のように、シルフィアが毅然とした態度で弟を追い返してくれることを。

それなのに。

「わたしが嫁いだら、オルテウスのことはあなたにお願いする。どうか、大切にしてね」

祈るようなオルテウスの思いは他ならぬシルフィアによって、あっけなく突き放された。

嘘つき。

嘘つき。

嘘つき。

信じていたのに。

心が軋み、ひび割れ、血を吹き出す。

目頭から熱い雫が溢れ、頬を伝って流れていく。

ああ、自分はなんとめでたい男だったのだろう。

幼い頃の約束がいつまでも守られるものだと信じ、愚かにも後生大事に、心の支えにして。シルフィアにとってはそんな約束、簡単に反故にできる程度のものだったのに。

汚い人形を大事にしていた母の姿が今の自分と重なり、心底惨めな気持ちになった。

しかし、しばらくその場に立ち尽くした後、オルテウスはあることに気付いて、薄ら笑いを浮かべた。

(――なんだ、簡単な話じゃないか)

想いを伝えなくても、シルフィアはオルテウスから離れていこうとする。

ならば、どうすればいいのか。

――どう足掻いても、彼女が自分から離れられないようにすればいいだけだ。

五章　悲哀の囚人

意識がゆっくりと浮上する感覚に、シルフィアは静かに目を開けた。

微かにぼやけた視界の中に、見知らぬ天井が見える。よく見れば、それが天蓋の模様だということに気付いた。

柔らかな寝台から身を起こそうとして、身体が軋む感覚に眉根が寄る。どうやら長いこと意識を失っていたらしい。閉じたカーテンの隙間から、微かに淡い光が差し込んでいる。

ここはどこなのだろう。

部屋の様子を観察してみたが、やはり見知らぬ場所だ。丸いテーブルに天鵞絨の長椅子。天使を象った象牙の置物に、百合の花が飾られた花瓶。

豪奢な調度品や華美な内装から、恐らく王宮の一室であろうことは推測できたが、どうして自分がこんなところにいるのかわからない。

最後の記憶は、薄暗い地下牢で聞いた父の狂気じみた叫び。

女と折り重なり、娘の名を呼んでいた父の姿を思い出すなり、ぞっとした。父との優しい思い出の数々が、真っ黒なインクで塗りつぶされていくかのようだ。

父が謀反を起こしたという事実も、あの光景も、全てが悪い夢だったのではないか。目覚めたらそこは見慣れた修道院の部屋で、今までに起きた信じられない出来事も、なかったことになっているのではないか。

あまりに非現実的な出来事から目を背けたくて、両手で顔を覆おうとしたシルフィアだったが、ふと動きを止める。

左手に結わえつけていたはずのお守りが、いつの間にかなくなっていたからだ。一体どこでなくしてしまったのだろう。独房に入れられた時には、確かにあったはずなのに。

「探しにいかないと……」

母の形見は、あれひとつしか持っていない。

慌てて寝台から立ち上がろうとしたその時、唐突に外から扉が開かれた。

「まあ……お目覚めでございましたか」

イヴェットだ。

　彼女はシルフィアが起きていることに気付くと、白く濁った目を少し驚いたように見開いた後、口元を微かに緩めた。

　侍女の無事な姿に安堵し、シルフィアは一時、母のお守りのことを忘れる。

「イヴェット……。ああ、よかった。本当に無事だったのね」

　彼女は、やや覚束(おぼつか)ない足取りでシルフィアのそばへ近づいてくる。

　オルテウスが助け出したと聞いていたものの、やはり自分の目で確かめるまでは心配だった。けれど彼女は特に具合が悪い様子もなく、元気そうだ。

「心配していたのよ。お父さまがあんなことになって、わたし、何がどうなっているのか……」

　父のことやこの先のことを思うと、恐怖と不安で涙が込み上げてくる。童女のように啜(すす)り泣くシルフィアを、イヴェットは両腕を広げて優しく抱きしめた。

「お辛かったことでしょう」

　背を撫でる優しい手つきと、彼女がいつも纏っている石鹸の清潔な匂いに、シルフィアは深い安堵を覚える。

　今、自分がようやく安全な場所にいるのだと実感することができた。

「イヴェット……お父さまは、本当にお義母さまを殺そうとしたの？」

質問に、応えはなかった。その沈黙こそが答えに違いないとシルフィアは思った。

優しかった父は、もういない。無条件に自分を守ってくれていた存在がいなくなったことに、元々不安定だった足下が更に大きく揺らいでいく気がした。

ひとしきり涙を流した後、シルフィアは洟を啜りながら再びイヴェットに問いかける。

「ここはどこなの？　オルテウスは？」

「王宮の客間のひとつです。気を失っている姫さまを、オルテウス殿がこの部屋まで運び込まれたのですよ」

改めて見ればシルフィアは清潔な寝衣に着替えさせられており、地下牢で汚れたはずの掌や身体も綺麗に拭われていた。眠っている間に、イヴェットが世話をしてくれたのだろう。肌はしっとりと潤っていい香りがし、香油を塗り込まれたことがわかる。

「……彼はどこに？」

「もうじきに、このお部屋へいらっしゃいますよ」

「それなら、すぐに着替えないと」

いくら気心の知れた仲とはいえ、男性の目に寝衣姿を晒すわけにはいかない。

シルフィアは少しよろめきながら、寝台から立ち上がった。イヴェットにドレスを用意するよう指示を出そうとし、けれど低い声に押しとどめられる。

「――その必要はありません」

いつ扉が開いたのかもわからない。音もなく、オルテウスが部屋の中へ足を踏み入れていた。シルフィアが眠っている間に着替えたのか、その服装は近衛騎士の身に着ける白い常装だった。

普段シルフィアの部屋を訪れる時は必ず声をかけてから入室するのに、今の彼からは遠慮の欠片も感じられない。我が物顔で近づいてくる騎士を前に、シルフィアはようやく我に返り、慌てて掛布を引き寄せ身体を隠した。

「あの、オルテウス。わたしこんな格好だから……」

「かまわないと言っているのです」

強い口調に、シルフィアは戸惑った。今日の彼は、以前までとどこか様子が違う。

一年ぶりに会ったせいか、あるいは罪人の娘相手だからどうしても遠慮なしの態度になってしまうのか。

自分の知らない表情を彼が見せたことに戸惑っている間にも、彼は無遠慮にシルフィアに近づき、自分より低い場所にある顔を見下ろした。

「――下がれ」

その命令は、シルフィアに向けられたものではなかった。

彼はいつからイヴェットに、こんな言葉遣いで話すようになったのだろうか。

これまで聞いたこともない彼の尊大な口調に驚いている間にも、イヴェットが小さく身を竦ませ、一礼して去って行こうとする。慌てて呼び止めようとしたが、本人がそれを拒んだ。

「……決して、オルテウス殿に逆らいませぬよう」

少し怯えたような、小さく震える声だった。言われた意味がわからず瞬きを繰り返していると、イヴェットは足早に部屋を出ていった。

扉が静かに閉まり、室内はふたりきりになる。

これまでオルテウスとふたりでいる時は、どんなに言葉がなくとも不思議と居心地がよかったはずなのに、なぜか流れる沈黙が酷く重かった。

「お加減はいかがですか」

やがてオルテウスが口を開き、シルフィアは勢いをつけて顔を上げた。

「え、ええ……大丈夫よ」

「そう。それはよかった」

海のように青い目が、まっすぐにこちらを見つめている。

その目の奥に何か得体の知れない感情が浮かんでいる気がして、シルフィアはすぐに視線を落とした。そして俯いたまま、ぎこちなく感謝を告げる。

「あのね、オルテウス。わたしたちのこと、助けてくれてありがとう。本当に感謝しているわ。でも、もうこれ以上わたしに関わってはだめよ」

たとえシルフィアが父の謀反に一切関与していなかったとしても、罪人の娘ということに変わりはない。こうなった以上、ブルドゥとの縁談も確実に白紙に戻るだろう。

今のシルフィアは、近衛騎士となったオルテウスの輝かしい未来に影を落とす、足枷以外の何ものでもない。

「わたし、お義母さまにお願いして、またどこかの修道院で暮らしていけるよう取り計らってもらおうと思うの。そうしたら、もうあなたにも迷惑をかけないで済むし――」

ふっと、視界が陰った。オルテウスがもう一歩足を前に出し、更にシルフィアへ近づいたのだ。

思わず後退りしかけたが、腕を摑む彼の手がそれを許してはくれなかった。オルテウスの掌は乾いて熱く、最後に手を繫いだ時より更に大きく、硬くなっていた。

「もう二度と、修道院へなど行かせません」

「え――」

「あなたは俺の妻なのですから」

熱っぽく掠れた声に、目を瞠る。今、オルテウスはなんと言ったのか。

「待って……妻って……。どういうことなの？」

「女王陛下は、俺の手元で監視するならあなたを生かしておいてもいいと仰せです。そうしなければ、あなたは事実がどうであろうと、父親の共犯者として処断されるでしょう」

震える問いかけに対するオルテウスの返答は、淀みなかった。まるでそれが、最善の手段だとでも言うように。

恐らくオルテウスは、シルフィアを救うためにペトロネラに直談判をしてくれたのだ。そして条件付きで、その命を救う方策を手に入れた。

「姫さまが眠っている間に、結婚宣誓書への署名も済ませました」

思いも寄らぬ言葉に、シルフィアは再び目を剝いた。

司祭の前で誓いの言葉も口にしていないのに。

「そんなこと、許されるはず――」

「女王陛下と大司教の承認も得ています。俺たちは既に、神に認められた正式な夫婦なのですよ」

つまりペトロネラは、オルテウスのこの暴挙を全て承知ということだ。でなければ、本人が署名していない宣誓書を司祭が受理するはずはないのだから。

「近々、あなたを連れて新しい領地へ赴くことになっています。二度と王都に戻らないこと。宮廷に関わらないことが、女王陛下の出した、あなたを見逃す条件です」

「そんな……。だってあなたは、公爵令嬢と結婚するんでしょう？」

「元々俺は承知していません。姫さまとの婚姻宣誓書を提出する際に、はっきりとお断りしてきました」

自分の預かり知らぬところでさまざまな話が決定していることに、目眩がした。

義母にしてみれば、近衛騎士ひとりいなくなったところで困りはしないはずだ。けれど、オルテウスはどうなるのか。

二度と王都に戻れないということは、彼の出世の道は永遠に閉ざされたも同然。オルテウスは優しいから、それを承知の上でシルフィアを救おうとしてくれているのだろう。けれど、シルフィアは嫌だ。ようやく光の差した大切な人の未来を、自分のせいで潰えさせる罪を再び味わわなければならないなんて。

「今からでもお義母さまにお願いして、宣誓書を取り下げてもらいましょう。そうすれば、あなたは自由になれるわ。公爵令嬢との結婚だって――」

「俺は、姫さまを愛しています。姫さま以外の人と結婚なんてしたくない」

シルフィアの言葉を打ち消すような、力強い声だった。

けれどシルフィアは彼が何を言っているのかわからず、しばらく無言のまま瞬きを繰り返す。

（愛してる……？　オルテウスが、わたしを……？）

もう少し幼ければ、その言葉を無邪気に喜べたかもしれない。

けれど今のシルフィアは、時に人が嘘をつく生きものだということも知っている。

オルテウスはきっと、元主人を不憫に思い、優しい嘘をついてくれているのだろう。あるいは己を納得させるため、必死でそう言い聞かせているのかもしれない。

どちらにせよ、シルフィアは望んでいないことだ。

「だめよ、オルテウス。そんなこと絶対駄目。わたしは、あなたとは結婚しないわ」

「……俺の妻になるくらいなら、謀反人の娘として罰っせられたほうがいいとおっしゃるのですか」

唸るような、恐ろしく低い声だった。

処刑されるのは、正直に言って怖い。けれどオルテウスの邪魔をするのは、もっと怖い。

そうだとも違うとも言えずに押し黙っていると、オルテウスがシルフィアの腰をさらい、軽々と抱き上げる。慌てて身を捩ったが、逞しい腕はびくともしなかった。

彼はシルフィアを寝台へ優しく下ろすと、間髪いれず覆い被さってくる。両腕と両足で囲いを作り、逃げられないようその場に押しとどめる。

「姫さまはいつもそうだ。何かと理由をつけては、俺から離れていこうとする……」

こんなに冷ややかな眼差しをした彼を見るのは初めてだった。心臓が警鐘を鳴らし始めるが、手も足も恐怖に凍りつき、敷布に縫い留められたかのように動かない。

「だからもう、遠慮しないことに決めました。これからここに、俺の種をたっぷり注いであげれば、姫さまも俺から逃げようという気はなくなるでしょう」

指先で腹を撫でられ、シルフィアは戦慄した。

イヴェットから、結婚前のたしなみとして閨の知識は少しだけ教わっている。オルテウスがこれから何をしようとしているのか、その意図を察せられる程度には。

「やめて、いや――んんっ！」

シルフィアの制止を、オルテウスは聞き入れなかった。身を屈めて顔を近づけ、唇を重ねてくる。

それどころか彼は、引き結ばれた唇の隙間から舌を差し入れ、口内をねぶり始めた。熱く、柔らかな濡れた感触が信じられなくて、シルフィアは瞬きすら忘れて凍りついた。

「――いやっ……」

やがて彼の唇が角度を変えようと少し離れた隙に、ようやく我に返って顔を逸らす。けれどすぐに手で顎を捉えられ、正面を向けさせられた。

「今の俺は気が昂ぶっています。だからどうか、抵抗しないで」

「ん、ん……っ」

「酷くされたくはないでしょう?」

押し殺された、脅すような声音にすっかり怯え、シルフィアは目をぎゅっと瞑って彼の唇を受け入れた。

シルフィアも年頃の乙女だ。これまで幾度も、好いた相手と結ばれる甘い夢を見たことがある。そしてその相手は、いつもオルテウスであった。

けれどそれは決して、こんなドレスも花束もない、自分の意思が介入する余地のない結婚ではなかったはずだ。

――それとも、そんな身の丈に合わない夢を見たから、自分は今こんな辱めを受けているのだろうか。

酷く惨めな気持ちに胸が張り裂けそうで、瞑った瞼の隙間から熱い涙がこぼれ始める。頬を伝う涙に、オルテウスが気付かないはずはない。

「老人と結婚することは承諾したくせに、俺の妻になるのは泣くほど嫌なことなのですか」

シルフィアから顔を離した彼は、唇の端だけをつり上げ冷たい瞳で言い放った。

「俺の身分が低いから？　俺が醜いから？　一生そばにいてほしいと言ったくせに――」

「違う……違うの……」

懸命に首を振るが、オルテウスは聞く耳を持たなかった。シルフィアの寝衣に手をかけ、勢いよく胸元を引き裂く。甲高い音と共に布はあっけなく腹の辺りまで裂け、下着をつけていない胸がこぼれ出た。

「いやぁっ、やめてぇ……！」

カーテンから差し込む陽光に白い肌が照らされ、シルフィアは手足を暴れさせる。

夫となる人との初夜で、衣服を脱がねばならないことは知っていたし、覚悟もしていた。けれどこんな――女性らしい凹凸に乏しいみっともない身体を、この美しい騎士の眼前に晒す恥ずかしさに、消え入りたい気持ちになる。

だが、オルテウスはシルフィアの両手を頭上で一纏めにして拘束すると、浮き上がった鎖骨に躊躇いなく唇を落とした。

振りほどこうとしたのに、彼の手はあまりに力強くて、か弱い女の力では到底敵わなかった。

「綺麗だ……。ずっと、あなたにこうすることを夢見ていたんです」

一体いつから。そんなこと、全然知らなかった。

愕然とするシルフィアに、彼は薄く自嘲めいた笑みを向ける。

「汚らわしいと思いますか？　でも、俺だって男なんです。あなたが無邪気に身体を寄せてくるたび、何度その場で組み敷いて犯してやろうと思ったことか」

いつも優しく、兄のようだったオルテウスのその告白に、不思議と嫌悪は覚えなかった。

だが、心底驚いたのは確かだ。

(だってオルテウスは、そんなそぶり少しも見せなかった……)

「その顔。想像もしていなかったようですね。姫さまはいつも、綺麗で純粋で……だから俺は、なおさらあなたに惹かれたのでしょうね」

苦しげに笑うと、オルテウスは無垢だったシルフィアを戒めるように、骨の部分に優しく歯を立てた。軽い痛みに身を竦ませていると、今度は宥めるように、舌が肌の上を滑り始める。

彼は鎖骨から胸元へ向かって肌を味わいながら、時折戯れのように表面を吸い上げた。

「あっ――、ん……」

ちりりとした熱っぽい痛みに、シルフィアはなんともいえない痺れを感じて声を上げる。

正体のわからない何かが、背筋をぞわぞわと這い上がる感覚があった。

「気持ちいいのですか」

「わ、わからな……。おねがい、もうやめて……」

シルフィアにはこの感覚がなんなのかわからない。それに、気持ちよかろうがそうでなかろうが、こんなことは間違っている。

オルテウスは女王の近衛騎士として名を上げ、間もなくその立場にふさわしい令嬢と結婚するはずだ。彼には本来、明るく日の当たる道が似合っている。

彼がシルフィアを助けてくれようとしているのは、十分にわかった。だからもう、こんな日陰者の、謀反人の娘に関わってはいけない。

それなのに、彼はシルフィアの懇願をいともあっさり撥ねのける。

「やめません」

「あぁっ……」

布を裁ち切るような声と共に、下からすくい上げるように乳房を摑まれた。大した質量もないその感触を楽しむように、オルテウスはやわやわと揉みしだき、手の中で形を変えるさまを楽しんでいる。

「想像していたよりずっと、柔らかいな」

揶揄するような声とは裏腹に、シルフィアに触れる手は丁寧で優しかった。ざらついた指先が羽のように、そっと乳嘴を撫でる。

薄紅色の先端はそんな軽やかな刺激だけですぐに芯をもち、ぴんと尖り始めた。

「それに、とても敏感だ」

オルテウスは男を誘うように立ち上がったそれを二本の指で挟み込み、擦るように押しつぶした。まるで新しい玩具で遊ぶ子供にも似た執拗さで、尖りを弄び続ける。

「っ――」

触れられた場所から甘い痺れが広がり、腰の奥に熱が溜まっていくのがわかる。

シルフィアは唇を噛んで、嬌声を押し殺した。けれどそんなものは無駄な抵抗でしかなかったことに、すぐ気付かされる。

「姫さまのここは、どんな味がするのでしょうね」

両の乳房をいじっていた彼は、そう言いながらその片方にしゃぶりついた。金色の髪が肌をくすぐる感覚がして、遅れてしっとりと濡れた舌が敏感な部分を這う。

小さな飴玉を貪るようないやらしい動きでねぶられるたび、肩と腰が魚のように小さく跳ねた。

「ああ、甘い……。とても美味しいです、姫さま……」

陶然と呟いた彼は、もう一方の胸にも同じように愛撫を施した。少し視線を下げれば、てらてらと濡れて真っ赤に立ち上がった己の乳嘴が目に入り、消え入りたい気持ちになってしまう。

　口では嫌だ嫌だと言いながらも、シルフィアの身体はオルテウスに触れられて反応している。そんな自分が、酷く汚らわしいもののように思えた。

　やがて彼の手が、中途半端に破れた寝衣の裾からシルフィアの足に伸ばされる。乾いた手が大腿を撫で回し、裾を器用に腹まで捲り上げる。

　そうなってしまえば、もうシルフィアに為す術はなかった。

　胸への愛撫で力の抜けた足から下着を取り去ると、オルテウスは秘めた場所に指を伸ばし、小さな花芽にそっと触れた。

　両手はとうに解放されていたというのに、抵抗する気力もなかった。

「や、ぁ……やめて……っ。どうしてこんなこと……」

　それでもせめて声だけはと、懸命に口を開く。

　今オルテウスに触れられている場所はシルフィア本人ですら、常日頃ほとんど意識することのない器官だった。なんのためにあるのか、考えたことすらないような。

「姫さまを、俺だけのものにするためです」

　オルテウスは確かな意志を持って、壊れものに触れるようにゆっくりとその場所を愛撫する。硬い指先を上下に動かし、その形を確かめるように撫でる。そうすると掻痒感にも似た強い感覚が花芽から腰までせり上がってきて、シルフィアは涙混じりの震える吐息をこぼした。

「ここも、硬くなってきましたね。膨れて、赤く充血しています」

「いや……っ」

火を灯したような眼差しが、自分の秘めるべき場所を熱心に見つめている。

その事実と淫らな言葉に頬が熱を持ち、居たたまれなさのあまり涙がこぼれてきた。泣いている顔を見られるのが嫌で、両手で顔を隠すが、だからと言ってオルテウスが手の動きを休めることは決してなかった。

彼はシルフィアの内側から生じた熱い液体を指で絡め取ると、それを丹念に花芽へ塗りつける。滑りのよくなったその場所を、シルフィアの反応を窺いながら強弱をつけて擦りたてた。

「あっ……あぅ……っ」

視界を覆っている分、より鮮明にオルテウスの指の感触を感じるようだった。

いやいやと首を横に振りながら、シルフィアは何度も腰を跳ねさせた。つま先が強く突っ張り、敷布を不格好に乱す。

とうとう顔の覆いを外して敷布の表面を掻きむしる。何かに縋っていなければ、とても自分を保てそうになかった。

「いや、いやよ……っ」

初めての時は痛みを伴うものだと、イヴェットは言っていた。だから、その覚悟はしていた。

でも、こんなことは聞いていない。

こんな——身体の芯を蝋燭の炎でとろとろと炙られるような、甘酸っぱい疼きを感じるなんて。あまりに甘ったるすぎて、シルフィアは、己の身の内に流れる血液が全て蜂蜜にでもなったのかとさえ思うほどだった。

「ああ、なんて素直な身体なんだ……。淫らで美しい、俺の姫さま」

涙でぼやけた視界の向こうに、オルテウスの嬉しそうな表情が見える。

彼は青い目を細めると、花芽を嬲る指の動きを少し速めた。揉み込むように擦りたおし、弾くように震わせ、真っ赤に充血したそれに容赦のない刺激を与え続けた。

身体の奥に溜まっていた熱がどんどん膨らんでいくのを感じ、シルフィアは必死でそれから逃れようと身を捩る。だが、全てはオルテウスの掌の上だった。

「いきそうですか。——どうぞ、存分に気持ちよくなって、いってください」

「あ、あぁっ、んぁぁ――……ッ」

その言葉が合図のように、シルフィアの目の前が真っ白に弾ける。

全身が大きく戦慄き、腰がこれ以上ないほど反り返る。

痛いほどに拳を握りしめながら、シルフィアは初めての法悦に甲高い悲鳴を上げた。

(これは、なんなの……?)

高い波に魂ごとさらわれ、押し流され、そのままどこか知らない場所へ連れて行かれるようなこの感覚は。

(これが、気持ちよくなったということ……?)

オルテウスは先ほど、そのようなことを言っていた。だけどこれは、シルフィアがこれまで経験してきた気持ちよさ――柔らかな日差しに当たったり、春のそよ風を感じたり――そういったものとはまったく違う。

やがてゆらゆらと、穏やかな引き潮に身を任せるように、意識が現実へと戻ってくるまで、シルフィアは呆然と胸で息を繰り返していた。

もうこのまま、意識を失ってしまいたい。

そんなシルフィアの願いとは裏腹に、オルテウスは再び花芽をいじりながら、別の指をシルフィアの中へ差し入れた。緩慢な動作だったが、それでも初めて異物を受け入れたその場所は引きつれて、得も言われぬ不快感を与えてくる。

「ひっ……ぅぅ……」

ぐちゃぐちゃと、みだりがわしい水音が絶え間なく上がっている。

オルテウスがどんなふうに触れているかなんて知りたくないのに、敏感な粘膜はその全てをシルフィアに伝えてきた。

「抵抗しないで。ここを解(ほぐ)しておかないと、俺を受け入れる時に姫さまが辛い思いをします。まさか、痛いほうが好(よ)くなるとはおっしゃらないでしょう」

シルフィアは、オルテウスの言っていることの半分も意味がわからなかった。ただなんとなく、先ほどからずっと怒っているのはわかった。だから、どんなに嫌だと言ってもやめてくれないのだ。

改めて考えれば、当然の話だ。彼はシルフィアのせいで片目を失ったのに、恨んでいないはずがない。

この一年、シルフィアはずっとオルテウスのことを思い続けていたけれど、それと同じくらい、彼はシルフィアへの憎しみを募らせていたのだろう。

だから、結婚という形で救い出すふりをして、こうしてシルフィアを辱めているのだ。

そうとしか考えられなかった。

「何を考えているんですか」

「……な、何も」

咎め立てするような声に、これ以上彼の不興を買いたくなくてかぶりを振ったのに、オルテウスはその答えを気に入らなかったようだ。

「姫さまはやっぱり嘘つきだ。身体はこんなに素直なのに――」

苦々しげな声をこぼし、シルフィアの中に埋めていた指をより奥へ進めていく。まだ誰の侵入も許したことのない、きつく閉ざされていた場所が無理やりこじ開けられた。

「いや、ぁ――」

か細い悲鳴を上げ、身を捩った。

強張った身体に二本目の指が挿入されたのは、それからすぐだった。

「……た、痛い……っ」

以前なら、シルフィアが軽い風邪を引いた程度のことで、オルテウスは優しく頭を撫でてくれた。だが、その彼の手は今、容赦なくシルフィアの身体を暴いている。

「助け……イヴェット、お父さま……」

気付けばシルフィアは、洟を啜りながら、いつも自分を慈しみ守ってくれた人たちへ助けを求めていた。だけどすぐ、それが失敗だったのだと悟る。

「俺に抱かれながら、あのようなけだものに助けを求めるのですか」

逆巻くような気配と共に、恐ろしく冷たいオルテウスの目がシルフィアの視線を捕らえたからだ。氷の刃を首筋に突きつけられているかのようだった。恐怖に歯の根が合わず、語尾が無様に震えるが、それでも精一杯の勇気を振り絞って言い返す。

「お、お父さまのこと、そんな言い方しないで……」

父は罪を犯したかもしれないけれど、少なくともシルフィアにとっては優しくていい父親だったのだ。オルテウスだって、そのことはわかってくれていると思っていた。

「甘いな。あんな汚らわしい光景を目にしてなお、父親に縋ると……そうおっしゃるのですか。娘の名を呼びながら、娼婦の上に跨がって犬のように腰を振り立てていた父親に？」

「お父さまはきっと、ご病気なの……！　あなただって、お医者さまを呼ぶと言っていたでしょう？」

だから、あんなことは一時的なもので、すぐに治まるのだと、自分に言い聞かせるように訴える。

懸命な反論に、オルテウスが口元を手で押さえながら、くつくつと笑い声をこぼした。

「まさかこの期に及んでなお、あの男を信じたがるなんて……」

オルテウスは一旦言葉を切ると、シルフィアの中から指を引き抜いた。身に着けた騎士服の下衣に手をかけると、ボタンを捥ぐように乱雑に前を開き、縮こまるシルフィアの身体に重なった。

「なんて純粋で、救いようのない姫さま」

哀れがるような、嘲るような、なんとも表現しがたい声と共に足を大きく開かされる。先ほどまで彼が指で嬲っていた場所に、熱く硬い何かの感触を覚える。声を上げる間もなく、オルテウスが体重をかけてその切っ先を蜜口へねじ込んだ。

「——……ッ」

目の前が真っ赤に染まるようだった。声になりそこなったような、か細い悲鳴が迸る。青く、硬い、未熟な媚肉が、みちみちと音を立てるように強引に広げられていく。指での愛撫では到底足りないほどの質量を受け入れさせられ、身体の内側から裂けてしまうのではないかとさえ思えた。

「やめて、抜いてぇ……っ」

あえかな懇願は、やはり聞き届けられることはなかった。

なんとかオルテウスを押しのけようと暴れる両手を、彼は敷布に難なく縫い止め、ますます獰猛に奥へ奥へと腰を進める。

まるで、聞き分けのないシルフィアに罰を与えるかのように。

「力を抜いて、深呼吸してください」

そう言われても、激しい痛みに呼吸すらままならないのだ。シルフィアは浅く胸を上下させ、何度も短い呼吸を繰り返した。

この責め苦が永遠に続くのかと思われた頃、ようやく、切っ先が最奥に到達する。

腹だけでなく、胸の中までぎっしりと満たされているような窮屈さだった。

「これで、姫さまは俺のものだ——俺だけの——」

オルテウスが眉間に皺を寄せたまま、長い息を吐いた。額に滲んだ汗が流れていく様子が妙に艶めかしく感じられ、シルフィアは思わず見とれてしまう。

これで解放されると、つられて息をついたのも束の間だった。

「そのまま、俺だけを見ていて——」

興奮したような声で呟くと、オルテウスがゆっくりと腰を遣い始める。結合部を擦り合わせるように押しつけ、肉襞の感触を味わうように引き抜いては押し込む。緩やかな動きは、まるで彼自身の形をシルフィアに覚え込ませるかのようだった。

「い、た——痛い……」

彼が腰を前後させるたび、破瓜したばかりのそこが鈍痛を訴える。それに加えて内臓を強引に押し上げられる苦しさもあった。

しかし、引き締まった下腹部によって花芽が押しつぶされ、捏ねられるごとに、痛みの中に甘い快楽の萌芽が見え隠れし始め、シルフィアの声に淫らな響きが混じり始める。

「あ、あぁ……」

太く張り出した部分が肉壁を捲り上げ、切っ先が子宮口を突き上げる。シルフィアの媚肉は彼の肉竿に絡みつき、引き抜かれようとするたび、名残惜しむように後追いをする。

「反応が変わってきましたね」

嬉しそうな声だった。

シルフィアの様子が変化したのを見てとった彼は、緩やかだった腰の動きを徐々に激しいものへと変えていく。ぎりぎりまで腰を引き、奥へ突き込み、また抜ける寸前まで腰を引く。

「ねえ、姫さま……。あなたが左腕につけていたお守りの腕輪。あれがなんなのか、教えてあげましょうか?」

律動を繰り返しながら、オルテウスが何事かを囁いてきた。

朦朧としながら、シルフィアはその声に耳を傾ける。

「は……っ、あ、あ――?」

「ラマルディエ公爵は、あなたの母君の形見だと説明していたようですが、真っ赤な嘘だ。

あれはあの男が自分の髪で編んだ、あなたへの妄執の証ですよ」

　淫らな水音も、自分の喘ぎも、オルテウスの言葉も。まるで遠い世界の出来事のようだった。けれど繋がり合っている部分の燃えるような熱が、これが夢ではないことをシルフィアに突きつける。

「あの男は、実の娘であるあなたに歪んだ欲望を抱いていた。だから、あんな汚らわしいものは燃やしてやりました」

「あ、んぁ……嘘、そんなの嘘よ――！」

「嘘なんかじゃありません。かつてあなたが可愛がっていた雄の小鳥だってそうです。なぜ、あれにマルーという名前がついていたと？　あなたの父親の名を、思い出してみてください」

　――マルタン。

　それが、シルフィアの父の名だった。

「女王陛下の命を狙ったのだってそうです。あの男は、あなたを嫁がせようとする女王陛下に憎悪を募らせ、自身が王となることによって、あなたを永遠に手元に置こうとした」

　青ざめるシルフィアを、憐れむように、けれどどこか嬉しそうに、オルテウスが見つめる。

「ああ、申し訳ありません。あなたを傷つけたいわけではないんです。だけどあなたが、あまりにあの男を庇おうとするから」

「あっ、あっ、あぁ――！　いや、いやぁぁ……っ」

深々と奥を抉られ、体重をかけて重く突かれ、シルフィアはオルテウスの背に必死でしがみつき、強く掻きむしった。傷がつくかもしれないなどと考えている余裕は、どこにもなかった。

先ほどシルフィアをさらった高い波が、また目前まで迫っている。

「あ、ひぅ……っ、くる、また来る……」

「――いいんですよ。何度でも達してください」

どんなに強くしがみついても、その波に抗うことはできなかった。

ひときわ強く奥まで挿入され、子宮口の入り口を押し上げられ、シルフィアはたちまち遠くへ押し流されてしまう。

「あぁ――……っ」

「く……っ」

オルテウスの呻き声と共に、腹の奥に、何か温かなものが広がっていくのを感じた。

視界が再び真っ白に染まり、何も聞こえなくなる。ゆらゆらと緩やかな波の上にたゆたい、どこまでも深く沈んでいく。

このまま眠ってしまいたい。目覚めたらシルフィアは修道院の寝台の上で、今起こっている全てのことがただの夢だと胸を撫で下ろすのだ。

微かな希望を抱えて茫洋とした世界の中に意識を沈めようとしたシルフィアだったが、中からずるりと肉剣が引き抜かれ、その衝撃で我に返った。

「あ……っ、ん」

オルテウスが荒い呼吸を繰り返しながら、自分を見つめている。抜かれる感触にすら喘ぐ、浅ましい姿を。

冴えた青い瞳と目が合うのが耐えられず、シルフィアはなけなしの矜持で顔を背けた。

それなのに。

「まだ、まだ足りません。もっと、姫さまをください。姫さまの全てを。あなたなしでは、俺は生きていけない――」

「あぁ――……！」

腰を摑まえられたかと思えば、硬さを取り戻したオルテウスのものが再び奥深くまで埋め込まれる。これが現実だと、思い知らせるような力強さで。

蜜洞を蹂躙されても、もはや抵抗する気力は残っていなかった。

幾度も幾度も獣のように挑んでくるオルテウスに翻弄され、甘く犯され――。そのうちにカーテンから差し込む陽の光は徐々に暗くなっていったが、行為はシルフィアが気を失うまで決して休むことなく続いたのだった。

§

それから一週間後には、シルフィアはオルテウスとともに、彼の新しい領地へ赴くこととなった。

王宮を辞去する際、シルフィアはペトロネラから正式に、父が処刑されたことを聞いた。

やはりオルテウスの言っていた通り、父が毒を塗った刃で伴侶を襲ったというのは真実だったのだ。

『あなたも、とんでもない相手と結婚しなければならなくなったものね』

父を喪った悲しみや、その父から歪んだ愛情を向けられていた恐ろしさ。さまざまな感情が胸にのしかかり憮然とするシルフィアの前で、ペトロネラは嘆息しながらそう言った。

きっと彼女も、オルテウスが公爵令嬢ではなくシルフィアと結婚する事態になったことを、憐れんでいるのだろう。

『もう二度と会うことはないでしょうけれど、これからのあなたの未来が健やかであることを祈っているわ。シルフィア』

それでもペトロネラは最後まで、呪われた娘には過ぎた言葉で送り出してくれた。


女王の命を救った対価としてオルテウスに与えられたのは、伯爵位と、王都から遠く離れた辺境の土地だ。

ロシェルというこの土地には元々領主の跡継ぎがおらず、以前より女王に進言し、新たに土地を治める人間を探していたらしい。

そんな折、ラマルディエ公爵が謀反を起こし、シルフィアの身柄をオルテウスが預かることとなった。

王都より遥か北方に位置するロシェルは年中寒冷な気候で、険しい山々と雪に閉ざされた自然の要塞だ。山間にある城館は山裾の町を睥睨するようにそびえ立っており、決して、徒歩で下ることはできない。

「この地方は雲が厚く日差しの弱い日が多いですから、姫さまのお身体にとってもよいでしょう」

オルテウスはそう言ってくれたが、囚人の身であるシルフィアを閉じ込めておくのに絶好の場所だから、この地が選ばれたのは一目瞭然だった。

「今日からこの者があなたのお世話をします。何か不都合なことなどございましたら、なんなりとお申しつけください」

新しい住居となる城館でオルテウスがシルフィアに与えたのは、女主人のための部屋と、彼がどこかから見つけてきたという、幼い下女だった。

イヴェットは既に高齢で、ロシェルの厳しい気候には身体が耐えられないだろうと、オルテウスが暇を出したのだ。

幼い頃からずっと一緒だった彼女と離れることは寂しかったが、新しい生活に不便はなかった。

気の利く下女に、女性らしい調度品や、豪奢な敷物、可愛らしい置物で美しく飾り立てられた部屋。誰に見せるでもないのに、身につけるものは最上級の品で揃えられ、衣装部屋には色とりどりのドレスや装身具が所狭しと収納されている。

刺繍道具も、レース編みに必要なものも、本も、遊戯盤も、花も、なんでも揃ったこの部屋は、牢館と比べてなんと贅沢な空間だろうか。

けれど表面上の快適さとは裏腹に、この城でシルフィアに許された自由は限りなく少なかった。

自室のある二階は自由に歩き回ってもいいが、一階へ繋がる階段を降りることは許されていない。露台に繋がる窓の鍵は潰され、決して開かないようにされていた。

外出するなどもっての他だ。

外は危険だから、と彼は言う。けれど本当は、罪人同然のシルフィアを人目に触れさせたくないのだろう。

その境遇が、夫婦という名であっても自分たちは所詮看守と囚人でしかないのだと、シルフィアに強く思い知らせた。

オルテウスと共に、無邪気に牢館の庭を散歩し、語り合っていた頃が懐かしい。

あの場所はこの城館のように贅沢な品々で満たされてはいなかったけれど、それでもシルフィアにとっては一等幸せな空間だったのだ。

開かない窓から山の景色を見下ろすたび、鈍色の空を自由に舞う鳥を見るたび、シルフィアは己の立場を思い知らされ、暗澹たる気持ちになるのだった。

§

日中は新領主としての執務で忙しくしているオルテウスだが、どんなに多忙でも夜になると必ず、シルフィアの寝所を訪れる。

それは、その夜も例外ではなかった。

「ん、あ……あぁ……っ」

オルテウスの手が、小さくも瑞々しく張りのあるシルフィアの乳房を、寝衣の上から無遠慮にまさぐっている。

どんなに抵抗しようと最後はぐずぐずに溶かされることがわかっているため、もうシルフィアが抵抗することはなかった。

諦念にも似た気持ちで目を閉じ、されるがままにオルテウスへ身を預ける。けれど心の奥は悲鳴を上げていた。

彼はシルフィアのせいで未来が閉ざされたことを嘆き、その腹いせとして、こうして鬱屈した欲望を発散しているのだろうか。

好きな相手から道具のように扱われて、嬉しいはずがない。目を瞑ったまま静かに涙を流していると、不機嫌そうな声が上がった。

「……俺に触れられるのが、泣くほど嫌なのですか」

「ちがう……ちがうの……」

「違うとおっしゃるのなら、なぜ？　なぜ、いつも泣いているのですか」

焦れたような声音に、答えることはできなかった。

自分の恋情など伝えたところで、オルテウスにとっては迷惑なだけだ。憎い相手から愛を伝えられて喜ぶ相手が、一体どこにいるだろう。

シルフィアが答えないことに、オルテウスはますます苛立ちを強めたようだ。

「姫さまがどんなに嫌でも、俺はもう絶対にあなたを放しません」

寝衣の紐を解くと、前を開いて肌をあらわにする。

外気に触れて粟立った肌に、オルテウスは容赦なく吸いついた。柔らかな乳房にしゃぶりつき、乳嘴を乳輪ごと貪り、舌の上で丹念に転がす。

乳も出ないのに音を立てて熱心に啜られるたび、シルフィアは身体の中心に甘い熱が溜まっていくのを感じて身もだえた。

身の内を柔らかな炎で炙られているかのように苦しい。

それなのにどうして、唇からははしたない喘ぎ声ばかりがこぼれるのだろう。

「あ、あぁ……っ、んはぁ……」

心がどれほどこの行為に抵抗感を覚えていても、身体はいじましく悦びを感じている。

オルテウスはそれを正しく感じ取り、シルフィアの弱い部分を徹底的にいたぶった。

胸を貪りながら、下着の隙間から指を差し入れて花芽を捏ね回す。円を描くように優しくくすぐり、ぬめりをすくい上げては丁寧に塗りつける。

一度快感を知った身は、巧みな愛撫を前に実に容易く堕ちていった。奥歯を噛みしめ、下腹部に力を込めてやりすごそうとするのに、すぐに頂へ連れて行かれてしまう。

「――あ、あぁぁぁっ……」

だけど一度達したくらいでは、シルフィアを責め苛むオルテウスの手が休まることはなかった。彼は達したばかりで敏感なシルフィアの花芽をなおもいじり回しながら、身を屈めて秘部に顔を近づける。

ここ数日の間に何度も彼に組み敷かれ、身体を暴かれてきたが、彼がこんな暴挙に出るのは初めてだった。

信じられない思いに目を見開いたが、遅かった。

ぬめりを帯びた舌が蜜口に触れ、ぴちゃりと濡れた音を立てる。それが唾液だけによるものでないことは、シルフィア自身が一番よくわかっていた。

「いやぁぁ……っ、やめ、やめて……！」

半ば恐慌状態に陥りながら、手を伸ばしてオルテウスの頭を引き剥がそうとする。けれどそんな精一杯の抵抗にも、彼は一切痛痒を感じていないようだった。

シルフィアはただ、指先で金色の髪をかき乱したにすぎない。

「とても綺麗です、姫さま。こんなに濡れて、いい匂いを漂わせて、俺を誘ってるんですね……」

しゃべりながら吸いつかれるせいで、敏感な部分に生温かい吐息を感じて、何度も腰が浮いてしまう。それればかりか彼は舌先を尖らせて硬くすると、濡れそぼった穴の中にそれを侵入させたのだ。

まるで蝶が口吻を伸ばして花の蜜を求めるかのように。

指よりずっと熱く、ぬめりを帯びた感触に、幾度も幾度も鮮烈な快感が背筋を貫いていく。狂おしいほどの法悦の波に、シルフィアは胸を反らして淫らに喘いだ。

「い、や……いやぁ……っ」

「こんなに悦んでいるくせに――」

拒絶の言葉ばかりを口にするシルフィアを戒めるように、オルテウスは少し強い力で花芽を押しつぶした。そうかと思えば包皮を引っ張って中の真珠を剝き出しにし、触れるか触れないかの位置で指先を小刻みに震わせる。

弱い場所を二点同時に責められ、すぐに限界が訪れた。

「――っ、ひぁ、ぁあ……ッ」

引きつれたような悲鳴が上がり、身体が大きく弓なりに反り返る。浮いた腰が敷布に着くのと、オルテウスがシルフィアの中に自身を潜り込ませたのは、ほとんど同時だった。

震える肉襞がみるみるうちに滾った熱杭を呑み込み、奥まで迎え入れる。かき分けられた蜜が溢れ出し、とろりと臀部を伝って敷布に染みを作った。

「いやよ……っ、だめぇ……っ、あ……ん」

熱くて大きい肉の剣が、力強く花園を突き進む。

「あぁ――……っ」

再び、目の前が白く弾けた。達したばかりでこの質量のものを咥え込まされるのは、快楽と同じほどの苦痛もあった。

けれど制止のために伸ばした手は、虚しく空を掻いただけだ。

「これが、嫌がっている人間の反応ですか」

揶揄するように言いながら、オルテウスはシルフィアの胸を鷲づかみにする。柔らかな感触を確かめるように揉み上げ、時折指先でくすぐっては、抓るように引っ張り上げた。

奥を捏ね回されながらそうされれば、軽い痛みさえも容易に快感にすり替わる。赤く染まったシルフィアの乳嘴はますます硬くしこり、男を誘うようにつんと尖った。

「気持ちいいのですね。姫さまのここ、俺を包み込んで、美味そうに締めつけています。もっと、気持ちよくして差し上げます」

「んっ、あっ、あっ……」

　オルテウスはシルフィアの両膝裏を抱え、己の肩に引っかけるようにして持ち上げた。そうして上から叩きつけるようにして、怒濤の勢いでシルフィアの奥を責め立てる。

　いやらしい音が断続的に上がり、溢れた蜜がかき混ぜられて飛沫を上げた。

「──あ、あぁっ、ん、やぁ」

　咄嗟に唇を両手で押さえても、強烈な快楽の前ではなんの役にも立たなかった。

　無駄な抵抗を続けるその様子すら、オルテウスは愉しんでいるようだった。

「抗わないで。身体はとっくに、素直に俺に従うようになっているのに」

　シルフィアは声を失った。オルテウスの言う通りだった。

　この短期間で雄の味を覚え込まされたシルフィアの内部は、今や多少強引な抽送でも快感を捉えるようになっていた。

　今まさにシルフィアの女の園は、与えられた快感を全身全霊で受け止め、雄の味を堪能するかのようにうごめいている。

「認めてしまえば楽になります。ですから、姫さま──」

　それでも、そんな情けない自分と向き合いたくなくて、シルフィアは頬に触れてこようとするオルテウスの手を振り払った。

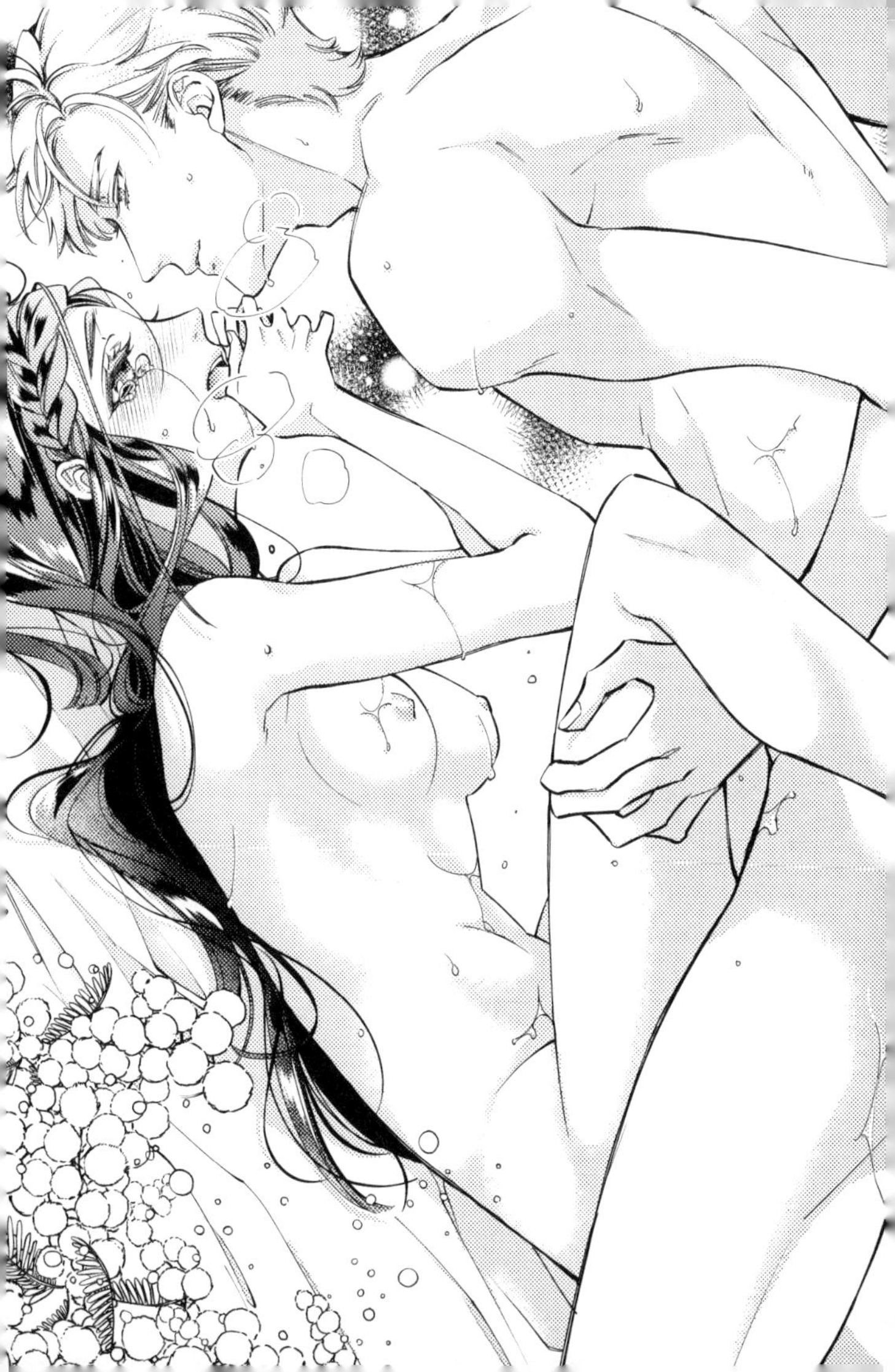

「……まだ、俺を拒むんですね」

そう言った表情が、途方に暮れる子供のように見えたのも束の間。

彼は喉の奥で笑いながら、青い瞳の奥に燃えるような色を宿し、ひたりとシルフィアを見据えた。

「もっと、もっと強い快楽を与えれば、俺から離れようという気はなくなりますか。それともここに、新しい命が宿れば」

その言葉にシルフィアは戦慄した。

子供は愛し愛され、神に祝福された夫婦のところにこそ生まれてくるべき存在だ。自分たちはそんな幸福からはほど遠い。

愕然とするシルフィアが反論を口にするより早く、オルテウスは深い口づけを落とした。唇を獣のように貪りながら、一心不乱に腰を振り立てる。

足を高く持ち上げられ、腰から二つ折りにされるような体勢は苦しいばかりのはずなのに、シルフィアの身体はたちまちぐずぐずに蕩けさせられてしまう。

「ん、んんっ、んぁっ！」

身体だけでなく、思考もだ。

喉の奥で鳴きながらオルテウスの劣情を受け止め、シルフィアの頭は甘く痺れ、徐々に何も考えられなくなってしまう。

「孕んでください、姫さま。俺たちの子を、ここに……孕んで……っ！」

真っ白な波が押し寄せ、引いていく。

その感覚が徐々に短くなっていき、やがてひときわ高い波がやってきたかと思えば、たちまちシルフィアの身体も魂もさらっていく。

腹の奥に子種を放たれる感触を覚えたが、もはやシルフィアにできるのは、甘ったるい喘ぎ声をこぼすことだけだった。

「愛しています、姫さま……。どうかもう、俺から逃げないで。約束通り、ずっとそばにいて……」

シルフィアを抱きしめ、子種を擦り込むように優しく揺すぶりながら告げたその一言は、彼が自分自身に言い聞かせるためのものなのだろう。

そうでなければ、顔の右半分を焼け爛れさせる原因を作った相手にそんなことを言うはずがない。

だというのにシルフィアの心は理性の声を無視し、彼の言葉に一欠片でも真実がないかと期待してしまう。

オルテウスの声が、縋るような響きを帯びているように聞こえるなんて、きっと気のせいだ。それなのに。

身の丈に合わない願いを抱く苦しさに、目の奥が熱くなって胸が詰まる。

けれど涙は流さなかった。そうすれば今度こそ己の心の内を、涙とともにこぼしてしまいそうな気がしていたから。

§

目が覚めたのは翌日の、日が高くなってからのことだった。

寝台の上で身じろぎすると、昨夜散々貪られた身体が小さく軋んだ。肩も、腰も、足も、疲れ切って重く怠い。

散々体液で汚れきっていたはずの身体は、眠っている間に綺麗にされていた。以前、朦朧とする意識の中でオルテウスが拭き清めてくれた記憶があるので、きっと今回もそうしてくれたのだろうと考える。

その彼は、既に部屋から姿を消していた。

新領主として多忙を極めており、日中は執務室にこもっているのだと下女が教えてくれたが、実際のところどうなのかはわからない。

（わたしと、顔を合わせたくないだけなのかもしれないわ）

貴族として跡取りは必要だから、身体は重ねる。けれど、それ以上の交流は求めていないのだろう。だからオルテウスは、夜にしかシルフィアの前に姿を現さないのだ。

考えれば考えるほど惨めになりそうで、シルフィアは強引に思考を遮る。

痺れる手足を叱咤して起き上がると、掛布が身体から滑り落ち、腹の辺りで蟠った。肌が僅かに粟立ち、思わず身震いをしてしまう。

一年の約三分の一が雪に覆われたロシェル領の初夏の気温は、春先の王都と同じくらいで、日中でも肌寒さを感じるほどだ。

枕元に用意してあったローブを羽織り、部屋履きに足を入れたと同時に、見計らったかのように栗色の髪をした下女が顔を見せた。

年は十三歳。

まだ数日しか付き合いはないが、よく気の付く働き者のいい娘だ。

「おはよう、コレット」

「おはようございます、奥さま」

声をかけると彼女ははにかんだように笑い、銀盆を手に部屋へ入ってくる。

「食事を持ってきてくれたのね。ありがとう」

恐縮したようにに頭を下げたコレットは、テーブルの上に手際よく食事を並べ始めた。

焼きたてのパンや、ほかほかと湯気を立てるスープ。蒸した豆や野菜に炒り卵、羊肉の腸詰め。こんなに食べられないといつも言っているにも拘わらず、毎日シルフィアのために、山ほどの料理が用意される。

「あなたも少し食べない？　わたしひとりではこんなに食べられないし……」

「いいえ、とんでもございません！　わたしのような者が、奥さまのお食事に手をつけるなんて！」

試しに何度目かの誘いを口にするが、やはり断られてしまった。

（イヴェットがいれば、一緒に食卓を囲んでくれたでしょうけれど……）

彼女は今頃、どうしているだろうか。元気に過ごしているといいが。

（そうだわ、せっかくだからお手紙を書いてみようかしら）

暇を出されたイヴェットは、郷里に戻って親戚の世話になっているらしい。別れる際、最後までシルフィアのことを心配していた彼女のことだ。近況報告の手紙を届けたら、きっと喜んでくれるに違いない。

食事を終えて着替えたシルフィアは、早速コレットに便箋を用意してもらい、イヴェットへの手紙をしたためた。

最初は戸惑っていたロシェル領の寒さにも大分慣れてきたこと。

新居での生活も落ち着き、近頃は刺繍に読書にと趣味に勤しんでいること。

オルテウスも、使用人たちもよくしてくれ、毎日とても気楽に過ごせていること――。

オルテウスとの関係に悩んでいることは、さすがに伝えられなかった。隠居した元侍女に、余計な心配をかけたくはない。

『イヴェットも元気に過ごせていますか？　よかったらお返事をください』

当たり障りのない文章の最後にそう書き記し、手紙に封をした。

後はオルテウスに頼んで、イヴェットの郷里へ届けてもらうだけだ。

（オルテウスは、今日も忙しいのかしら……）

人心地ついたところで、シルフィアはため息をついた。

ただ人形のように抱かれるためだけに、オルテウスの訪れを待つ毎日に疲れてしまった。

話をしたかったが、彼はシルフィアが口を開くとすぐに唇を塞ぎ、言葉を封じてしまう。

――いっそ、ここから逃げてしまおうか。そうすれば、オルテウスは自由だ。

そんなふうに考えたことも、何度もある。

けれどそうすれば、彼はペトロネラから罰を受けてしまうかもしれない。監視を任されたにも拘わらず囚人を逃がしてしまったと、責められるかもしれない。

ならばいっそ自害してしまおうかと考えたこともある。

けれど既に腹にオルテウスの子が宿っているかもしれないという思いが、シルフィアに二の足を踏ませた。

自分が死んでオルテウスが自由になるのなら、それは喜ばしいことだ。けれどなんの罪もない子供の命を奪う権利は、シルフィアにはない。

さまざまな事情や感情がシルフィアをがんじがらめにし、苦しめる。

「奥さま、大丈夫ですか？」

ひとり打ち沈んでいると、不意にコレットが話しかけてきた。心配そうな表情だ。

「あ……ごめんなさい。なんでもないの」

慌てて微笑んでみせたが、彼女の表情は浮かないままだった。

しばらく考え込むようなそぶりを見せたコレットが、窓の外を指さす。

「そうだ、ご一緒にお庭をお散歩しませんか？」

「お散歩に連れていってくれるの……？」

驚きに目を瞠るシルフィアへ向かって、コレットは何度も頷いてみせた。

「ずっとお部屋に閉じこもりきりもよくないですし、外の風に当たったら少しは気分もよくなるかと思います」

打ち沈んでいる主人を、彼女なりに励まそうと思ってくれたらしい。その気遣いをありがたく思いながらも、オルテウスのことが気になった。

「ありがとう。でも、わたしは外に出てはいけないの。オルテウスが――」

「旦那さまはお仕事ですし、気分転換に少しだけ。内緒にすれば大丈夫ですよ」

久々の外出に一瞬心惹かれてしまったが、もし発覚した時のことを思えば、コレットの誘いに甘えるべきではない。

オルテウスがこんな幼い少女を厳しく罰するとは思えないが、彼女が叱られてしまうことは間違いないだろう。

「せっかくのお誘いだけど――。あなたに迷惑をかけるわけにはいかないわ」

そう言うと、コレットは残念そうに肩を落とした。

自分のことのように落ち込むさまは、見ているこちらのほうが可哀想になってしまうほどだ。

「代わりに、お話をしましょう。あなたの好きなものや好きなことを教えてほしいわ」

そう告げると、コレットは気を取り直したように顔を上げた。

「では、少しお待ちください」

そうしてしばしの時間が過ぎ、再び姿を現した時、彼女は手に画帳と鉛筆を携えていた。

　どうするつもりなのかと見守っていると、コレットはやにわに画帳をテーブルの上へ広げ、紙面に鉛筆を走らせ始める。

　しばしの後、出来上がった絵を見てシルフィアは思わず口元をほころばせた。

　そこには、今にも甘い香りが漂ってきそうなほど精緻（せいち）な、さくらんぼのケーキの絵が描かれていたのだ。

「すごいわ、コレット。本当に美味しそうなケーキ。あなたは絵がとても上手なのね」

「孤児院でシスターに習ったんです」

　はにかんだように笑いながら、コレットはそう伝えてくる。

　きっと外に出られないシルフィアを少しでも楽しませようと、絵を描くことを思いついたに違いない。なんて優しい子だろう。

「こっちへいらっしゃい、コレット。ここに腰掛けて……そう、遠慮しないで。もっとあなたの絵を見せてほしいわ」

　遠慮するコレットを半ば無理やり長椅子に座らせると、シルフィアもその隣に腰掛ける。

　コレットはシルフィアのために、さまざまな絵を描いてみせてくれた。

　犬や猫、アヒルや野うさぎ。

　孤児院で世話になったシスターたちや、きょうだいのように育った仲のいい友人たち。

季節を彩る花々に、瑞々しい果物、村で開かれた祭りの光景――。

特にシルフィアの興味を引いたのは、祭りの絵だった。

露店や伝統衣装で着飾った人々が描かれ、耳を澄ませば、雑多な音楽や会話までもが聞こえてきそうだ。

「賑（にぎ）やかなお祭りね。きっと、すごく活気があるのでしょうね」

コレットの描く絵はどれもが生き生きしていて、見ているだけで楽しかった。まるで自分も外に行き、それらをこの目で確かめてきたような気さえした。

「いつか、一緒に行きましょう。きっと楽しいですよ」

彼女の素直な言葉と笑顔が、昔のオルテウスと重なる。

彼も以前、約束してくれたのだ。

シルフィアを異国へ連れていって、さまざまな珍しい光景や品物を一緒に見て回ろうと。

その約束は、きっともう果たされないだろう。

コレットと祭りへ行くことも、許してはもらえないだろうけれど。

「ありがとう、コレット。とっても嬉しいわ」

今はただ、彼女の優しい気遣いが嬉しかった。

§

その後も、コレットはさまざまな絵を描いてシルフィアを楽しませてくれた。

聞けば、彼女はもっと小さな頃から画家になりたかったらしい。

この国では女性の画家は少ないが、皆無というわけではないし、何よりコレットには才能がある。

シルフィアはなんとかして、彼女の夢を叶える手助けをしたかった。

(……そうだわ。絵の具を贈るというのはどうかしら)

絵の具は高価で、庶民にとっては高嶺の花だということくらい、世間知らずのシルフィアでも知っている。だからコレットの絵は、いつも鉛筆のみの白黒だ。

あの絵に色がついたら、どれほど素晴らしくなることだろう。

(確か王宮を立ち去る時、牢館から持ってきた荷物の中に絵の具や絵筆が混じっていたはず……)

シルフィアのお下がりではあるが、絵が苦手だったせいで新品同様だし、まだまだ使えるはずだ。

棚や引き出しを漁って絵の具を探し出したシルフィアは、それを箱に入れて綺麗にリボンをかけておいた。

翌朝、彼女が食事を持ってきてくれた時に渡すつもりだ。
喜んでくれるだろうか。絵の具を使って、今度はどんな絵を描いてくれるだろうか。
そんな想像に胸を膨らませた。
しかし翌日、待てど暮らせど彼女はやってこなかった。
代わりに食事を運んできたのは、見たこともない老齢の下女だ。

「あの、コレットはどうしたの？」

「重い病を患（わずら）ったとかで、旦那さまが遠方の療養施設へお送りなさったそうです」

てきぱきと食卓を整えながら、老下女は愛想のない態度で告げた。

「でも、昨日の夕方までは元気にしていたのに――」

「さあ。わたしにはなんとも。詳しいお話は、旦那さまにお聞きくださいませ」

そのまま、にべなく立ち去ってしまう。恐らく彼女も、コレットがいなくなったために臨時でシルフィアの世話を任せられただけなのだろう。

シルフィアは愕然とした。

前日まで何事もなく過ごしていたように見えたのに、実は体調が悪かったなんて。知らぬうちに、無理をさせていたのだろうか。

（もしかして、わたしのそばにいたせい……？）

ふとその可能性に思い至り、シルフィアは青ざめた。

拾った猫も、飼っていた小鳥も、父も、自分と関わり合ったばかりに死んでしまった。

だからコレットにも、呪いの力が降りかかってしまったのではないか。

『呪われたばけものめ……！』

かつて名も知らぬ従騎士にかけられた言葉が脳裏を過り、足下が崩れ落ちていくような感覚に陥る。

手足が震え、視界がゆっくりと歪んでいき――そのまま、シルフィアは気を失ってしまった。

§

遠くで、自分を呼ぶ声が聞こえる。

溶けるような微睡みにたゆたっていたシルフィアは、徐々に近づいてくるその声に、重い瞼をそっと開いた。

目の前にぼんやりと、人の輪郭が見える。

何度か瞬きを繰り返すと、段々と視界が鮮明になってきた。

けれどそんなことをしなくとも、漂ってくる鈴蘭の爽やかな香りによって、そばにいるのがオルテウスだとすぐにわかった。

「姫さま。目を覚まされましたか」

彼はとても心配そうな表情で、シルフィアの顔を覗き込んでいる。

「下女から、姫さまが急に倒れたと聞いて心配しました。お加減はいかがですか？」

「心配をかけてごめんなさい。わたしは大丈夫よ……」

どうやら気を失っている間に、寝台へ運ばれたようだ。彼の向こうに、見慣れた天蓋の模様が見えた。

部屋のカーテンは閉ざされているが、隙間から差し込む光の明るさによって、まだ夕刻前だと知れる。

シルフィアは痛む頭を押さえながら、ゆっくりと身を起こした。部屋の中を見渡して、机の上に置かれたままの小さな包みに目を留める。

「コレットは――」

「昨晩、急に全身に発疹(はっしん)が出たために医者に診せました。この地方の風土病にかかったそうで、感染する病だから人と接触させないようにと……。大丈夫、きっとすぐによくなりますよ」

突然のことに驚き悲しむシルフィアを励まそうとしてくれているのだろう。その口調は夜の、怒りや情欲に突き動かされたような彼とは違う、シルフィアのよく知る優しいオルテウスだった。

「姫さま？　やはりどこか、お加減が悪いのではありませんか？」

「違うの、ごめんなさい。だけど悲しくて……。せっかくよくしてくれたのに、わたしのせいで辛い目に遭わせてしまったわ」

「病は、姫さまのせいでは――」

「でも、マルーもお父さまも、わたしのせいで死んでしまったわ！　あなただって、あんなことさえなかったら、公爵令嬢と結婚できたはずなのに……！」

気付けばシルフィアは声を張り上げ、オルテウスの言葉を遮っていた。

閨の中ではいつも、シルフィアはオルテウスの愛撫に翻弄されてしまい、まともに言葉を紡げない。だからこの機会を逃したら、オルテウスと話をすることはできないかもしれない。

言いたいことを言えるのは、きっと今だけだ。

「大声を出したりしてごめんなさい。でも、あなたはきっと、わたしに助けてもらった恩があるからわたしを妻にしてくれたのよね。そうでなければ、わたしと結婚なんてするはずない。あなたも、わたしのせいで不幸になったんだわ」

　オルテウスが驚いたように息を呑んだ。

　けれどそれも一瞬のこと。彼は逃げるように目を逸らすシルフィアの両肩を摑み、はっきりと告げる。

「もちろん、助けていただいた御恩を忘れたことは片時もありません。ですが、俺は心から姫さまを愛しているからこそ、あなたを妻に迎えたのです」

　断ち切るような強い言葉と、肩に食い込む指先の力強さに、今度はシルフィアが息を呑む番だった。

　怒気を孕んだ青い目が、まっすぐにこちらを射貫いている。けれど同時にその目は、縋るような弱々しさもたたえているように見えた。

「何度も愛しているとお伝えしました。それなのに……。俺が姫さまをあんなふうに奪ったから──だから姫さまは、俺のことが信じられないのですか？」

　その表情からは、オルテウスの苦悩が伝わってきた。彼は、シルフィアの身体を無理やり奪ったことを悔いているのかもしれない。

　確かに、強引に身体を奪われたことは辛かったし、悲しかった。

彼の『愛している』という言葉が本当なら、もっと違うやりようがあったのではないかと責めたい気持ちもある。

だけどそのことで、これまで育んできた彼への信頼や情が損なわれるわけではない。

「違うわ。あなたのことで、あなたのことを嫌いになんて、なるはずがない……」

「それなら、俺の気持ちが真実だと、どうすれば信じてくださいますか？　この目をえぐり出せば？　それとも、指を切り落とせば？」

「――やめて！」

今にも腰の剣を抜こうとするオルテウスに飛びつくように縋り、シルフィアは叫んだ。

これ以上自分のせいで彼に痛みを与えたり、身体を損なったりするような真似は決してさせてはいけない。

「一年前、あなたはわたしを守るために酷い怪我をしてしまった。これ以上、わたしの呪いに巻き込んで傷つけるような真似をしたくないの……」

シルフィアは、オルテウスの顔半分を覆う仮面にそっと触れる。

ひんやりと冷たい感触の向こうには、きっと今も、惨い傷痕が残されていることだろう。

眉をひそめるシルフィアをじっと見つめた後、オルテウスは少し考え込むようなそぶりを見せた。そして、静かな口調で語り始める。

「俺が下町で生まれ育った話は、姫さまもご存じですね」

「え、ええ……。お母さまが、その、平民だったと……」

かつて騎士団長が口にしていた言葉を思い出し、シルフィアは歯切れの悪い返事をする。

娼婦の産んだ下賤の子供――。

その意味を正しく理解できるほどには、シルフィアももう世間の薄暗い部分を知っていた。

「俺の母は、娼館で働いていました。客のひとりだった父は、俺が生まれた時、決して我が子と認めようとはしなかったそうです。誰の子とも知れぬ薄汚い赤子が、男爵家の息子のはずがないと」

「酷い……」

話すのは辛いだろうと、今までシルフィアのほうからは一度も聞いたことのない話。

そしてこれまでオルテウスのほうからも、一度も語られることのなかった話を、初めて彼が口にしている。

辛い過去を話すことが、どれほど勇気のいることだったか、想像に難くない。

「母は、俺を産んだら男爵の妾になれると信じていたようです。それなのに父は、なんの援助もしてくれなかった。俺は母から役立たずと殴られ、時に冬の寒空の下、半裸で放り出されたこともあります」

さすがにその時は、見かねた娼館の女将が部屋の中に入れてくれたのだと彼は言う。

実の母親に虐待されるというのは、まだ幼い少年にとって、どれほど辛かったことだろう。それなのにオルテウスの口調は淡々としていて一切の憎しみも怒りも感じられない。

まるで他人の過去を語るような、冷静な口ぶりだった。

「俺が十一歳の時に母が死に、それからしばらくして突然、父の遣いを名乗る男が娼館にやってきました。正妻との間に娘しか生まれず、仕方なく俺を引き取ったようですが、初めて顔を合わせた時は本当に怖気が走りました」

オルテウスの父は息子と同じ金の髪に青い目をしており、容貌も生き写しだったという。

ダンタリアン男爵も、本当はオルテウスが生まれた時、自身の子だと気付いていたのではないか。けれど一夜の相手としか見ていなかった娼婦との間に生まれた子供など重荷でしかなくて、ずっとその存在を放置していたのだろう。

それなのに跡継ぎが欲しいからと、十一年も無視していた息子を引き取ろうなんて、なんとも都合のいい話だ。

「父は早く、俺に跡継ぎとしてふさわしい教育を受けさせたかったのでしょう。男爵家に引き取られてすぐ、俺は宮廷へ出仕することになりました。だけどこれまで下町で育った俺を、騎士団の人々は決して受け入れようとはしなかった……」

後はシルフィアも知っての通りだ。

オルテウスは騎士たちから馬鹿にされ、同期たちから虐げられ、食べるものもまともに与えられず酷い暴力を受けていた。

あの日、シルフィアが彼を見つけていなければ今頃どうなっていたか、想像するだけでぞっとする。

「姫さまだけなんです。俺のことを気にかけて、手を差し伸べてくださったのは」

「オルテウス……」

「俺はあなたに出会って、幸せを得ました。居場所を得ました。あんなふうに人に優しくされたのも、守られたのも、初めてだったんです。それがあの無力な少年にとってどれほど嬉しかったか、わかりますか」

切実な声に、シルフィアは胸を衝かれたような気持ちになる。

あの出会いは、シルフィアにとって運命的なものだった。けれど彼にとってもそこまで大切なものだったとは、今まで想像もしていなかったのだ。

真剣な眼差しで見上げると、彼はしばらくシルフィアの顔をじっと見つめた後、静かに語り始めた。

「姫さまが修道院でお過ごしの間、俺は騎士として研鑽(けんさん)を積んできました。訓練や試合はもちろん、夜会や茶会に何度も参加しました。誰より強く、立派な騎士になりたかったからです」

「そう、だったの……」

その言葉だけで、彼が大勢の令嬢たちと出会い交流している光景が目に浮かぶようだった。きらめくシャンデリアの下、騎士の正装で夜会に臨むオルテウスはどれほど立派だったことだろう。きっと大勢の令嬢たちが素晴らしい彼の姿に甘いため息をこぼし、我こそはと競って声をかけたに違いない。

オルテウスと結婚したがっていた公爵令嬢も、その場にいたのだろうか。彼と微笑みを交わし、ダンスを踊ったかもしれない。

見たこともない令嬢とオルテウスが密着している姿を想像し、密かに胸を痛める。

「俺は全て、姫さまのためだと思って頑張ってきました」

「え……」

力強い言葉に弾かれたように顔を上げると、柔らかな眼差しがシルフィアを見つめていた。

「以前、女王陛下は、俺の手元で監視するならあなたを生かしておいてもいいとおっしゃいました。けれどそんなことは関係なく、俺は姫さまと一生を共に過ごしたい」

そう言うと、オルテウスは寝台のそばで跪き、恭しくシルフィアの手をとった。

「俺にとって姫さまの存在は、呪いなんかじゃない。祝福なんです。だからどうか……俺に少しでもあなたの気持ちを捧げてくださるなら、離れようとしないでください。そばにいてください。あなたと共にあることこそが、俺の幸せなのですから」

オルテウスの声は掠れ、震えて、弱々しく、それでも誰にも曲げられないであろう頑なな意志が感じられた。

いずれは騎士団長になるとまで言われた青年が、ひとりの力ない少女の前に跪き、勇気を出して懇願しているのだ。だからシルフィアもはぐらかしたり逃げたりせず、真正面から向き合わなければならない。

「わたしも本当は、あなたのそばにいたい……」

「それでは――」

「だけど、まだ……怖いの」

父のように信じていた相手に裏切られることも、呪いのせいでオルテウスを不幸にすることも。

「だから、もう少しだけ時間をください。ちゃんと、考えるから……あなたとのこと」

オルテウスは少し、落胆したような表情を見せた。けれど二つの感情の狭間で揺れ動くシルフィアの内心を、彼は見抜いているようだった。

気を取り直したように微笑むと、シルフィアの両手をぎゅっと握りしめる。

「……わかりました。姫さまがそうおっしゃるのなら、待ちます。待つことには、慣れていますから」

久しぶりに見る彼の穏やかな表情に胸を詰まらせながら、シルフィアは絞り出すような声で、ありがとうと呟いた。

六章　わたしだけの騎士

それからの数日間は、これまでが嘘のように穏やかな毎日だった。

相変わらずオルテウスは執務で忙しくしているけれど、日中でも時間がある時は、シルフィアの部屋を訪ねてきてお茶の時間を共に過ごしたりするようになった。

そして夜になると寝台の上で優しい口づけを交わし、寄り添って眠りにつくのだ。

彼の過去を聞いたあの日を境に、ふたりは身体を重ねてはいない。

もう少し時間が欲しいと言ったシルフィアの言葉を、彼なりに尊重してくれているのだろう。

シルフィアの存在を、呪いでなく祝福と言ってくれたオルテウスの言葉を、信じてもいいのかもしれない。愛しているというあのまっすぐな告白を、素直に受け止めていいのかもしれない。

そんなことを考え始めていた、ある日のことだった。

ダンタリアン男爵が、数日後にロシェル領を訪ねてくるという知らせが届いたのは。

騎士団に入団してから久しく会っていない息子の顔を見るため、しばらく城へ滞在する予定らしい。

「姫さまが会う必要はありません。あのような男……会うだけ無駄です」

せめて挨拶でもと申し出たシルフィアに、オルテウスはすかさずそう言った。苦々しい表情からは、父親に対する彼の複雑な心境が感じ取れた。

当然だ。彼はそれだけの仕打ちを実の父親から受けたのだから。

しかしそれと同時に、こうも思う。ダンタリアン男爵は己の過去の行為を後悔し、息子と仲直りしようとしているのではないか――と。

恐らくダンタリアン男爵は、このたびの息子の結婚を決して喜ばしくは思っていないのだ。

無理もない。我が子と罪人の娘との婚姻を歓迎する親など、きっとどこにもいない。ましてやそのせいで、男爵は唯一の跡取り息子を手放さなければならなくなったのだから。

男爵の心境もオルテウスの心境も、シルフィアにはどちらも理解できた。

「あなたがそう言うのなら、わたしは部屋で大人しくしているわ。男爵には申し訳ないけれど、わたしは体調不良で臥せっているということにしておきましょう」

「お気を遣わせてしまって、すみません」

シルフィアの提案にオルテウスは心底申し訳なさそうな顔をし、男爵の滞在が終わったら町へ連れ出すことを約束してくれた。

それから数日後、ダンタリアン男爵が予定通りの日程でロシェルへ到着した。

従者や護衛など、大勢を引き連れてやってきたのだろう。部屋に閉じこもっていたシルフィアでも、窓の外から聞こえてくる賑やかな声で、その様子がわかるほどだ。

やがて階下のほうから、使用人たちが男爵を出迎える気配が伝わってくる。領主の父の訪問とあって、城中の人手が総動員されているようだ。

その喧騒を他所に、シルフィアは自室で読書や刺繍をしながら、ひっそりと息を殺して過ごしていた。

男爵の滞在中、オルテウスはまめに顔を見せにきてくれた。

打ち合わせ通り、シルフィアは病で臥せっていると伝えている。ダンタリアン男爵も、特に疑うことなく納得したようだ。

とはいえ、下女が男爵からの見舞いの花を持ってきた時は、心底驚いてしまった。

（男爵に嫌われていると思っていたけれど……そうでもないのかしら）

花束にはカードまでついており、お大事になさってくださいという、短いけれど丁寧な言葉が記されていた。

男爵の心遣いを嬉しく思いながら、シルフィアは手ずからその花束を花瓶に生けた。

けれど、オルテウスの気持ちを考えれば、この花は飾るべきではなかったのかもしれないと後で思い直す。

今夜オルテウスが訪ねて来た時、この花とカードを見せよう。そして彼が嫌がるようだったら、申し訳ないけれど下女に頼んで、目につかない場所まで持っていってもらおう。

§

シルフィアの部屋に下女が思いも寄らぬ客人を連れてきたのは、その日の夜のことだった。

「お目にかかるのは初めてですね、王女殿下。オルテウスの父、ダンタリアン男爵です」

名乗るのを聞かずとも、シルフィアは一目でそれが誰なのかわかった。オルテウスの言った通り、男爵は息子とよく似ていたから。

オルテウスが年を取れば、きっとこのようになるだろう――。シルフィアは初めて見る義父の姿に、そんな感想を抱いた。

「初めまして、男爵。ご挨拶が遅れて申し訳ありません。今朝は素敵なお見舞いのお花をありがとうございました。それから……わたしはもう王女ではございません。どうぞお楽になさってください」

「失礼いたしました、シルフィアさま。ですが、おかまいなく。長居はいたしませんから」

椅子を勧めてみたものの、男爵は扉のそばで佇んだままだった。

燭台に照らされた顔はどこか切羽詰まっているように見え、シルフィアは得も言われぬ不安を覚える。

男爵がこの部屋を訪ねていることを、オルテウスは承知しているのだろうか。以前、彼が父親の訪問を告げた時の様子を思い起こすに、とてもそうとは思えない。

「あの、オルテウスは――」

「あれは、眠っています。私が晩餐(ばんさん)のスープに眠り薬を盛りました」

信じられない言葉に、シルフィアは大きく目を瞠った。

なぜ男爵がそんな恐ろしいことをするのかわからず、恐怖で喉を塞がれ、咄嗟に言葉が出てこない。

「王女殿下。どうか何も言わず、我々に御同行していただきたく存じます」

そう言うと、男爵は己の背後へすばやく視線を送った。

シルフィアのいる場所からは見えなかったが、彼のそばには私兵らしき屈強な男がふたり待機しており、合図を受けて部屋の中へ踏み込んでくる。

シルフィアは助けを求めるように老下女を見た。しかし彼女は素っ気なく視線を逸らしただけで、求めに応えてはくれない。

「ご苦労」

その下女に、男爵が光る何かを渡しているのが見えた。よく見れば、それは金貨だった。金と引き換えに、下女は男爵をシルフィアの部屋まで導いたのだ――。

「ま……待ってください。オルテウスに何も言わず出ていくなんて、そんなことできません。せめて理由を教えてください」

「理由は道中説明いたします。もう時間がないのです。大人しく従ってください」

頼み事の体をとっていながら、完全に命令そのものだった。男爵が目配せするなり、シルフィアの両脇を塞いでいた男たちが肩や腕を摑んで拘束してくる。

「オルテウス、助け――！」

本能的な恐怖を覚えて叫んだが、ハンカチか何かの布で強引に口を塞がれ、声が途中で途切れてしまった。

つんと鼻を刺すような嫌な臭いがしたかと思えば、たちまち意識が朦朧とし始め、何か薬を嗅がされたのだとわかった。

抵抗しようにも、手足の力が完全に抜けてぴくりとも動かせない。恐らくは、神経に作用する毒の類だろう。

そのまま身体の均衡を失ったシルフィアの身体を、男のひとりが抱え上げる。

「手荒な真似をして申し訳ございません。ですが、これはあなたのためなのです」

苦しげな男爵のその言葉を最後に、シルフィアの意識は完全に途切れたのだった。

§

微睡みの中で、シルフィアは馬車の振動を感じていた。どうやら車内の座席に寝かされているようだ。

この馬車は、一体どこへ向かっているのだろう。

身体には未だに力が入らず、外の様子を窺い知ることはできない。

ただ、角灯で照らされた男爵の横顔に差す影が濃いことから、気を失ってさほど時間が経っていないことだけはわかった。

鈍い瞬きを繰り返していると、それに気付いたのか、男爵が静かに口を開いた。

「息子のあなたに対する執着は、異常です」

その声は水の膜を通したかのようにぼんやりしていて、シルフィアはこれが現実なのか夢なのかわからないでいる。

「あれが幼い頃、私は妻の目を憚って、何ひとつ父親らしいことをしてやれませんでした。今更詫びるつもりはありません。ですが……過酷な環境で育つ中で、息子はどんどん歪んでしまいました。――あれは、ばけものです」

(ばけもの？　オルテウスが？)

「あなたの大切にしていたものに、次々と不幸が降りかかった経験がおありでしょう。可愛がっていた小鳥や、拾った子猫――あるいは、あなたの父親。信じられないかもしれませんが、それらはすべて、息子の仕業です」

彼は一体、何を言っているのだろう。

オルテウスほど優しく、親身になってシルフィアに寄り添ってくれた人は他にいないというのに。

マルーも、子猫も、父の一件すらオルテウスのせいだなんて、どうかしている。あれはシルフィアの身に宿る呪いのせいだ。彼は少しも悪くないのに。

否定の気持ちが伝わっているのかいないのか、男爵は眉を寄せるシルフィアにかまわず話を続けた。

「あれはあなたが、自分以外のものを大事にするのが耐えられない。だから二度とあなたの気が他に向かないよう、それらを徹底的に〝壊す〟のです。最近も、あなた付きの下女が突然いなくなったのではありませんか？」

心臓がひとつ、嫌な鼓動を立てた。

きっと買収した下女から情報を得たのだろうが、コレットは病を患って療養しているだけだ。決して、男爵の言っているような事実はない。

けれどこれまで周囲のものに降りかかってきた不幸な出来事が、シルフィアの心をふと弱気にさせる。

そういえばイヴェットに手紙を出してひと月ほど経つが、筆まめな彼女にしては珍しく、返事がまだ届いていない。コレットがいつ帰ってくるのか聞いても、オルテウスは曖昧にごまかすだけだ――。

暗闇の中でもわかるほど、シルフィアの顔色は大きく変化したのだろう。

胸に溜まった澱を吐き出すように、男爵が深く重苦しいため息をつく。

彼の眉間に寄った皺は深く、それだけで彼の抱えている苦悩が窺い知れるようだ。

「このままあなたがそばにいると、息子はますます罪を重ねる一方です。私が言えた義理ではないかもしれませんが、これ以上あれに手を汚してほしくない。ですから、あなたには――」

男爵の言葉はそこで途切れた。御者が突然大声を上げ、馬車を急停止させたからだ。

「どうした!?」

問いかけに対する返答はなかった。嫌な空気がその場を支配する。

「……ここで、待っていてください。決して外へ出ないように」

真剣な表情でそう言うと、男爵はシルフィアを車内に残し、外へ出ていった。

男爵が、誰かと会話している様子が伝わってくる。しかし馬車の外から聞こえてくる声はくぐもっていて、なんと言っているのかわからない。

少しでも聞き取ろうと馬車の壁に耳をそばだててみたが、その時、突如として外から金属どうしが激しく触れ合うような音と、男たちの凄まじい怒号が聞こえてきた。

弾かれたように壁から離れたシルフィアは、震えながら騒ぎが収まるのを待つことしかできない。

やがて長い長い悲鳴がこだまし、辺りが不気味なほど静まり返った頃。

車体の扉が突然大きく軋みながら開け放たれる。

車内に吊り下げられた角灯によって、その人物の顔は逆光になってよく見えない。

真っ黒な影のようなその人物の背後で、外套だろうか。風にはためく布が、まるで漆黒の羽のようにも見えた。

「――お待たせして、申し訳ございません」

柔らかな声と共に、ふわりと鈴蘭の香気がシルフィアの鼻をくすぐった。

それだけで、顔が見えなくとも相手が誰なのか理解した。

「助けにまいりました、姫さま」

ゆっくりと、オルテウスがシルフィアのそばまでやってくる。彼の顔や衣服は血にまみれていて、馬車の中は濃い死の匂いで充満した。

「父があなたを連れ去ったと……。偶然その様子を見ていた下男がいて、急いで俺の許へ知らせに来てくれました。ご無事でよかった」

オルテウスは微笑みながら、シルフィアを抱きしめる。手が微かに震えていたけれど、その様子は、普段の優しい彼そのものだった。

「オルテウス、男爵は――」

「父は俺に一服盛った後、あなたをどこか遠くで殺そうとしていました。そうすれば、元通りに俺が男爵家を継げると思ったようです。……でも、もう大丈夫。二度と、姫さまが怖い思いをすることはありません」

明確に言葉にはしなかったが、シルフィアはそれだけで、彼が父親に手をかけたのだと察することができた。

実の父を害しておきながら平然と振る舞うオルテウスを、シルフィアは初めて恐ろしいと思ってしまう。

けれど同時に、胸の奥でほの暗い喜びが沸き起こるのも感じていた。

オルテウスはシルフィアを助けるために、父親を殺した。ひとりの女のために、親殺しの原罪を背負ったのだ。

今なら、自分に対するオルテウスの愛は本物なのだと信じることができる。

(こんなことを考えるわたしは、本当に悪魔(ばけもの)なのかもしれない……)

きっとオルテウスはシルフィアの呪いに絡め取られ、罪を犯したのだ。そう思うと、己の罪深さに胸が痛む。

けれどもう、彼から離れてはあげられない。

一度知った愛を手放すことができるほど、シルフィアは強くないから。

「ありがとう、オルテウス。愛しているわ……わたしだけの騎士」

オルテウスの腕の中で、シルフィアはそっと目を瞑る。

初めての告白に、オルテウスが僅かに身じろぎする気配があった。しかし一瞬後には、彼はシルフィアを強く抱きしめ、少し掠れた声で告げた。

「俺も、心からあなたを愛しています。俺だけの姫さま」

§

その後、オルテウスの馬に乗せられて城へ戻ったシルフィアは、彼が現場の後処理を私兵たちに任せる様子をぼんやりと眺めていた。

城内では使用人たちが慌ただしく動き回っていたが、その中にシルフィアの世話をしてくれていた下女の姿は見当たらなかった。

その後、シルフィアはこびりついた血を洗い流すためにと、オルテウスに浴室へ連れて行かれた。

いつの間に湯の支度をしたのか。浴室に繋がる扉を開けると、薄桃色の大理石の中央に置かれた四つ足の浴槽から、甘い香りの湯気が立ち上っている。

横抱きにされ浴室へ運ばれたシルフィアは、瞬く間にオルテウスにドレスを脱がされそうになり、慌てて身体を捩った。

「ひとりでできるわ……」

しかし彼は、そんな抵抗などものともしない。

「いけません。これは俺の仕事ですから」

あっという間にドレスを脱がされたかと思えば、オルテウスも外套やシャツを脱いで裸になる。

もう何度目とも知れぬが、相変わらず素肌を晒すのは恥ずかしいし、彼の裸体を見るのも恥ずかしい。けれど彼はそんなことにはかまいもせず、惨めな仔ネズミのように縮こまるシルフィアを、洗い場まで急き立てた。

そうして盥（たらい）に張った水を含ませた布で、丁寧にシルフィアの身体を拭っていく。

幸いにして、肌にはほとんど血がついていなかった。

「もっと力を抜いて。変な真似はしませんから」

「……」

「姫さまは強情ですね」

一旦は手を止めたオルテウスだったが、シルフィアが従わないと見るや肩を軽く竦め、止めていた手を再び動かし始めた。肩から背中にかけて布を滑らせながら、懐かしげな口調で呟く。

「ああ、強情なのは昔からでしたね。どんなに王配殿下から反対されても、みすぼらしかった俺を専属騎士にしたいと言い張っておられた」

「……覚えているわ」

「あの時の王配殿下の顔……。姫さまはご覧になっていなかったかもしれませんが、俺に対する敵意でいっぱいでした」

「……お父さまは本当に、わたしによこしまな思いを抱いていたのね」

娼婦を娘の名で呼び、犯していた父。

自身の愛称を小鳥に付け、娘に贈った父。

少し前までは到底信じられないと思っていたその事実も、今となっては少しずつだが、受け止められるようになってきた。

「すみません。本当は、姫さまを悲しませたくはなかったんです。小鳥の話だって、伝えるつもりは――」

「ううん、いいの。それを聞いていなければきっと、わたしはお父さまが処刑されたことを、受け入れられなかった」

　そう告げると、オルテウスが優しく頭を撫でてくれる。

　こうして頭に触れられるのは、子供の頃以来のことだ。シルフィアは驚いて、オルテウスの顔を振り仰いだ。

「どうしました？」

「……ううん、なんだか懐かしくて。オルテウスが昔、よくわたしの頭を撫でてくれたのを思い出したの」

　幼い頃のシルフィアは、何か恐ろしいことや悲しいことが起こるたびオルテウスに泣きついたものだ。

　彼はそんな時いつも、優しくシルフィアを慰めてくれた。

　あの掌のぬくもりが大好きで、ついつい甘えてしまっていたことは言えないけれど。

「ああ。――あれは姫さまの真似をしていたんです」

「わたしの？」

「出会ったばかりの頃、姫さまは俺の頭をよく撫でてくださっていたでしょう？　それまで俺にとって他人の手というのは、俺を傷つけるものばかりでしたから、とても驚きましたし、嬉しかったんです」

オルテウスは、少し照れたような表情をしていた。

その顔を見ていると昔の、痩せて弱々しかった頃のオルテウスを思い出す。あの頃の彼は本当に非力で、シルフィアは子供ながらに、自分が守ってあげなければと考えたものだ。

懐かしく思って、シルフィアは後ろにいる彼を振り向き、頭に手を伸ばす。遠慮がちに髪を撫でると、昔より少し硬い感触が掌に伝わってきた。

「姫さま――」

青い目が微かに見開かれ、やがて白い頬がほんのりと赤く染まった。

彼はそのままシルフィアの顔へ己の顔を近づけ、唇が触れ合う寸前で思いとどまったように離れていく。

「……血を、洗い流してからでないと」

生真面目に呟くと、彼は頭から水を被って己の顔に付着した血液を洗い流した。

そして改めて、シルフィアと向き合う。

「いいですか、姫さま」

なんの許可を求めているのかすぐに察し、シルフィアは頬を熱くしながらしっかりと頷く。オルテウスがシルフィアを求めてくれているように、今、シルフィアもまた彼と繋がり合いたかった。

てっきり寝室へ戻ってからするものだと思い込んでいたが、オルテウスはそのままシルフィアを抱えて湯船に足を踏み入れた。

向かい合ったままオルテウスの腰を跨ぐような格好にさせられ、ふたり分の質量を受けた湯が湯船の縁からこぼれ出す。それが床へ流れていくより早く、オルテウスがシルフィアの唇を塞いだ。

情欲を隠そうともしない口づけは深く、濃厚で、湯の温度はさほど高くないというのに、シルフィアは瞬く間にのぼせそうになってしまう。

「姫さまも、舌を出して……。俺の舌に、絡めてください」

「ん、ぅ……」

口づけの合間にそんな指示を出され、慣れないながらも必死で従う。

オルテウスが願うことならなんでも叶えてあげたい。その一心だった。

たどたどしいシルフィアの様子を、オルテウスは気に入ってくれたようだ。

「ああ……、いい。すごく――最高です、姫さま」

感に堪えないと言った様子でそう呟くと、ねっとりと味わうようにシルフィアの舌を貪り始める。

舌を吸われ、頬の内側や上顎を舐められるたび、いやらしい水音が耳を犯した。シルフィアは頭の芯がじんと痺れて蕩けそうになるのを感じていた。

けれどこんなものは、快楽の扉の向こう側にある果てしない悦楽には到底及ばない。

もっと強く、もっと目の眩むような快感が欲しい。

もどかしい思いを抱えるシルフィアの内心に、気付いているのかいないのか。オルテウスは口づけをしたまま、シルフィアの胸へ手を伸ばした。

柔らかな二つの膨らみを両手で包み込み、掌の中で捏ねる。

当たり前だが、昔手を繋いだ時の感触とは全然違う。掌は硬く、広く、節くれ立っていて、皮膚の表面には剣だこがたくさんあった。

オルテウスは決して己の努力をひけらかすような真似はしなかったけれど、きっとシルフィアが想像もつかないような過酷な鍛錬を行い、己を磨き上げてきたのだろう。

元主人として、そして妻として、それをとても誇らしく思う。

だが、そんな思いを伝える間もないままに、オルテウスの手が官能的な動きでシルフィアの悦びを引き出し始める。

硬く分厚い皮膚を持つ指先が乳頭をしごいたかと思えば、触れるか触れないかの位置で羽のようにそっと撫でた。

「ん、うぅ……っ」

肌に纏わりつくような甘くむず痒い感覚に、シルフィアは背をしならせながら喉の奥で喘ぎ声を上げる。

喉の奥近くまでオルテウスの舌を受け入れているせいで、まともに声を上げることすらままならないのだ。

やがてオルテウスは左手でシルフィアの胸を愛撫しながら、もう一方の手を太股の間に潜り込ませた。その場所は明らかに湯ではない潤みを帯びていて、じんじんと熱く疼いている。

指で花芽を丁寧に転がされ、指の腹で柔らかく押しつぶされるたび、その疼きが慰められるような感覚があった。代わりに腹の奥に、重い熱が澱のように溜まっていく。

「んんっ、ん――ぁ……」

息が苦しくて顔を背ければ、ようやくオルテウスが唇を解放してくれた。長い間吸われていた唇は微かに腫れ上がり、少し痛いほどだ。

シルフィアの呼吸が整うのも待たず、オルテウスは花芽への愛撫はそのままに、器用に中へ指を差し込む。

「あ、オルテウス――」

何度も彼を受け入れさせられ、形を覚え込まされたその場所は、もはや指二本を容易に呑み込むようになっていた。

指を奥まで差し込まれたまま強弱をつけて花芽をいじられると、肉壁が勝手に収縮して中の指を締めつけてしまう。

「あ、ぁ……っ。だめ、だめ——」

決して乱暴な動きではないが、好い場所を徹底的に嬲られ、追い詰められる。もっと欲しいような今すぐやめてほしいような不思議な感覚の中、シルフィアは一足飛びに階段を飛ばしながら上っていくように、瞬く間に天上まで押し上げられた。

「あぁぁぁ……ッ!」

浴室に、甲高い悲鳴が響く。あられもなく達したシルフィアのがくがくと震える腰を、オルテウスが力強く支えてくれる。

やがて一瞬にも、長い時間が過ぎたようにも思えた頃。

汗の浮いた額に軽く口づけを落とされる感覚と共に、霞んでいた意識がゆっくりと現実へ戻ってくる。

目の前に、目の縁を情欲で赤く染めたオルテウスの端整な顔がある。

彼はシルフィアと目が合うと、実に嬉しそうに笑ってみせた。

「すごく可愛かった、姫さま」

「そ、そんなこと言わないで。恥ずかしいわ……」

甘く蕩けた顔も、彼の与える快楽に身もだえる痴態もこれまで何度となく見られているにも拘わらず、改めてそう言葉にされると消え入りたいような心地になる。

羞恥に身を捩ってみたものの、オルテウスに邪魔され叶わなかった。

「少し腰を浮かせてください。そう……そのまま、俺の肩に手をかけて。俺を受け入れて……」

彼はシルフィアの背を支えたまま、既に硬く上向いていた己の分身が蜜口に当たるよう、腰の位置をずらす。

自ら受け入れるよう指示されたのは初めてのことで、少し怖かった。

けれどそれがオルテウスの願いならばなんでも叶えてあげたくて、シルフィアは指示通りオルテウスの肩に両手をかけ、緩慢な動きで腰を落としていった。

円い切っ先が蜜口に潜り込み、閉じた媚肉をかき分け蜜道をゆっくり進んでいく。物慣れないシルフィアのやり方を、きっともどかしいと感じているだろうに、オルテウスは決して急かすことをしなかった。

「上手ですよ、姫さま。そのまま、全部呑み込んで――」

シルフィアの臀部を両手で柔く掴み、根元まで受け入れるよう優しく導いてくれる。

やがてこれ以上ないところまで彼を受け入れたのを感じ、シルフィアは深いため息をついた。苦しいけれど、同時にそれ以上の安堵を感じる。身体だけでなく、心までもが隙間なく満たされた感覚があった。

しばらくふたり抱き合ったまま、互いのぬくもりや鼓動を感じ合う。

やがてオルテウスが己の額をシルフィアの額と軽く触れ合わせ、至近距離で囁いた。

「……動いて、いいですか。もう我慢できそうにない」

許可を求める言葉を、拒絶する理由などどこにもない。シルフィアは頬を染めながら頷いた。

途端に、オルテウスが滑らかに腰を使い始める。柔らかな肉襞の感触を丹念に味わうような律動に合わせて湯がちゃぷちゃぷと跳ね、独特の旋律を奏でた。

「あ……っ、あ……っ」

貫かれ、奥を穿たれ、目も眩むような快感を与えられ、必死でオルテウスの首にしがみつく。

揺さぶられている最中、シルフィアは何度も口づけをねだり、オルテウスもまた抗うことなくたくさんの口づけをくれた。

涙がこぼれた。

愛し愛される人とこうして身体を繋げるのは、なんて幸せなことなのだろう。

義母のためにと臨もうとしていた政略結婚では、きっとこんな幸福は味わえなかっただろう。

オルテウスに強引に身体を暴かれた時は本当に辛かったけれど、その先にはこんな喜びが待ち受けていたのだ。

「……姫さま、痛いですか？」

「ううん、嬉しくて……。幸せで胸がいっぱいすぎて、死んでしまいそう」

きっと大げさだと思われたことだろう。

けれどオルテウスはごく優しげに目を細めると、まっすぐな眼差しで囁く。

「死ぬ時は俺も一緒ですよ――」

捧げられたのはこれ以上ないほど重く、深い愛の言葉。

オルテウスのためを思うのなら、シルフィアはそれを否定するべきだったのかもしれない。自分がもし死んでも、幸せに生きてほしいと言うべきだったのかも。

けれどもう、シルフィアはオルテウスと共にあると決めたのだ。

そこが天国であろうと地獄であろうと、彼が望む限りそばにいる。二度と、約束を違えることはない。

「嬉しい。ずっとずっと一緒よ」

「ええ、ずっとずっと一緒です」

いつか、暗闇の中で交わされた誓い。

今、ようやくそれが果たされたのだ。

§

それから数日が経った。

その日、シルフィアはオルテウスと共に、城の庭園を散歩していた。

「足下に気をつけて。急がなくてもいいですから」

「ありがとう」

庭園の小路を、シルフィアとオルテウスは手を繋いで歩く。

秋風に髪をなびかせながら、シルフィアは庭園をぐるりと見回す。

「ここの庭園はとても綺麗ね」

秋桜や桔梗が白に紫、淡い桃色などの花を咲かせ、空の下に淡い水彩画のような陰影を描いている。外の空気はひんやりと冷たく爽やかで、澄んでいた。

花からは甘く清潔な香りが漂い、慌ただしく過ごしていた日々の疲れを癒やしてくれるかのようだ。

今日の散歩は、シルフィアのほうから誘ったものだった。

オルテウスの父が巻き起こした騒動の後処理や、王都への報告などがようやく終わり、気分転換にと彼を連れ出したのだ。

あれほどシルフィアが外へ出ることを嫌っていたオルテウスも、想いが通じ合ったためか、快く承諾してくれた。

「庭師が丹精込めて育てた花々です。気に入っていただけてよかった」

「わたしは、あなたがお世話をしていた鈴蘭も好きだったけど。危ないからって触らせてもらえなかったのよね」

「そんなこともありましたね」

昔を懐かしむように、オルテウスが目を細める。

かつてイヴェットと共に種蒔きをした花壇を誰かに荒らされた後、オルテウスは自分の故郷から取り寄せた鈴蘭の苗を植えてくれたのだ。

シルフィアも世話をしたいと言ったのだが、過保護な彼は、土の中に悪いものが含まれているかもしれないと、決して許してくれなかった。

（きっと、黴菌のことを心配してくれていたのね）

手袋をしても駄目だと突っぱねられたことが当時は少し不満だったが、今なら、それも愛情ゆえのことなのだと微笑ましく思える。

思い返せばオルテウスはいつも、何を差し置いてもシルフィアのことを守ってくれた。片目を失い、命さえ危ぶまれる状況に陥り、更には輝かしい未来を捨ててまでも。

シルフィアの身に降りかかる危険を、彼が肩代わりしているかのようだった。

一生、オルテウスのそばから離れたくない。それと同時に、己の呪いにこれ以上彼を巻き込みたくないとも思う。

だからシルフィアはここ数日の間考え抜いた末、あることを決意していた。

「あのね、オルテウス。前に、あなたがわたしを町に連れていってくれるって言っていたでしょう？」

「ああ、そうでしたね。明日か明後日にでも――」

思い出したように頷くオルテウスの言葉を、シルフィアは途中で制止する。

「もう、いいの。わたしはもう、外に出なくても」

「姫さま――？」

外の世界は怖いことばかりだ。

自分を傷つけ、オルテウスを傷つけるものばかり。

だからシルフィアは、彼の作り上げた優しい世界に閉じこもることにした。鍵のかかった小さな部屋で、ただオルテウスの訪れだけを待つ。

そうすればもう、誰にもふたりを傷つけることはできない。

騎士の口づけで呪いは解けないけれど、ふたり一緒ならきっと、呪いすら幸せに変わるから。

「わたしには、あなただけ」

「姫さま——」

「あなたさえいればいい。他には何もいらないの」

かつてシルフィアは、オルテウスと共に世界を旅する夢を見たことがある。

魔神が閉じ込められたというランプ。

宝石でできた洞窟。

万病に効く水が湧く泉。

ここにはそのどれもないけれど、それでいい。

オルテウスがいてくれるならば、その場所がシルフィアにとって唯一で、至高の楽園なのだから。

「だからこれからも、わたしだけの騎士でいてくれる？」

「……私は昔も今も、これからも、あなただけの騎士です」

今にも泣きそうな顔をするオルテウスに向かって、シルフィアもまた泣き笑いの表情を向けた。

やがてふたりの距離は縮まり、そっと唇が重なり合う。

夜、褥(しとね)の中で交わすような情欲にまみれたそれではない。ただただ優しく、想いを伝え合うような、これまで離れていた時間を埋めるような。

爽やかな風を受け、庭園の花が小さく揺れている。それはまるで、ようやく通じ合ったふたりを祝福するかのような光景であった。

七章　呪われたばけもの

シルフィアを抱きしめながら、オルテウスは腹の底から込み上げる愉悦(ゆえつ)に口の端を歪めた。

（ようやく、手に入った）

柔らかな身体を躊躇いなくオルテウスに預け、胸に頬をうずめるシルフィア。愛しい、オルテウスだけの姫君。

この光景を見れば、きっとあの男は臍(ほぞ)を嚙んで悔しがることだろう。

シルフィアの父、ラマルディィエ公爵。実の娘に歪んだ愛欲を抱いていた、おぞましいばけものは。

オルテウスはかなり早い段階から、公爵が娘へ向ける歪な感情に気付いていた。

娼婦(おんな)の歓心を買うため、必死で媚びる男たちの姿は見飽きている。娘に対する公爵の態度は、まさにそれだった。

シルフィアの全身を舐めるような、ねっとりとした視線。頭を撫でるいやらしい手つき。不自然なまでに甘い、猫撫で声。

シルフィアがそれらに気付いていなかったのは、幸いだったのかもしれない。父の優しさに下心があると知れば、きっと清らかで無垢な彼女は嘆き、悲しみ、心を痛めたはずだ。

そして間違いなく、父親のことを避けるに違いない。

そうすればあの陰湿で狡猾(こうかつ)な男はもっと早い段階で、シルフィアを強引に我がものにしていただろう。

本当に汚らわしい男だ。

娘の結婚が決まるなり己の手の者に命じ、暴漢の犯行と見せかけて娘を攫(さら)ってくるよう命じたのだから。

そうしてシルフィアを攫った後は、自身の所有するどこかの別荘にでも閉じ込め、秘密の愛人として囲うつもりでいたのだろう。

けれど、一番汚らわしいのは自分かもしれない。

オルテウスは己の顔の右半分を覆う仮面をそっと外し、鏡の中を覗き込む。

惨く焼け爛れ、赤黒く変色した皮膚は、人並み外れた回復力を以ってしても、完全には消えなかった。

暴漢ともみ合った際に、不幸にも松明の火を浴びてできた瘢痕——と、シルフィアは今でも信じていることだろう。

だが、真実は違う。

オルテウスは、自ら進んで火傷を負ったのだ。

罪悪感という鎖で、愛する人を己の許へつなぎ止めるために。

暴漢を斬り捨てるのは簡単だった。次期騎士団長との呼び声も高かったオルテウスが、あの程度の腕に遅れをとるはずがない。

顔に松明の火を押しつけることに、躊躇いはなかった。もちろん苦痛はあったが、これでシルフィアの心を縛りつけることができると思えば、その苦痛さえ悦びとなった。

実のところオルテウスは、娘を誘拐しようというラマルディィエ公爵の思惑には薄々気付いていていた。それでもあえて彼を泳がせていたのは、そのほうが自分にとって都合がよかったからだ。

案の定、シルフィアはオルテウスが大火傷を負ったことで、自分を責めているようだった。心優しい彼女のことだ。自分が大人しく暴漢に命を差し出しさえすれば、オルテウスを救えたとでも思っていたに違いない。

あれほどオルテウスを自分のものにしたがっていたユリアスが、事件後、火傷を負った騎士などいらないと言い出すのも予想通りだった。『完璧』を美として好む彼にとっては、顔の火傷はオルテウスの価値を損なう瑕疵(かし)としか映らなかっただろう。

そして何より喜ばしかったのは、暴漢が館に押し入ったことにより、シルフィアの縁談が立ち消えになったことだ。

醜聞を覚悟してまで、傷物の娘を好き好んで妻に迎える男はいない。ましてやそれが王侯貴族ともなればなおのこと。

そのせいでシルフィアが修道院へ送られ、離ればなれになったのは辛かったが、彼女を守るための措置と考えれば仕方がない。

晴れて彼女が館へ戻ってきたあかつきには、また以前のようにふたりで楽しく過ごせるのだから。

そう考えていたオルテウスにとって唯一誤算だったのは、女王がシルフィアのために再度縁談を用意したことだろうか。

(まったく、余計なことをしてくれたものだ)

次の相手は、結婚相手に処女性を重視しない奔放な国の王族だった。

婚姻を確実に潰すため、オルテウスはラマルディエ公爵を利用することにした。従順な犬のふりをして彼の懐に入り込み、必要とあらば侍従を懐柔し、公爵がいつも飲む寝酒に『あるもの』を混入した。

少量ずつならば単に気持ちを落ち着けるための薬となるそれは、大量に摂取すると幻覚、妄想の類に苛まれる毒だ。

主に下町の娼婦が現実逃避のために用い、オルテウスの母も常用していたものだ。下町で得た薬の知識が、こんなところで役に立つとは思いもしなかった。

薬の効果は覿面だった。

『父親が娘を手に入れるのに、誰の許可がいるでしょうか』

『女王の代わりにあなたが国王になれば、シルフィアさまが他所へ嫁ぐことはなくなります』

『このまま一生、女王の言いなりになる人生でよいのですか』

酒と薬で酩酊状態になった公爵に何度も甘い言葉を吹き込めば、彼は勝手に殺意を募らせ、女王へ刃を向けた。上手く隠してはいたが、元より上昇志向の強い男だ。常に王配として女王の引き立て役に甘んじなければならなかったことに、不満を抱いていないはずはない。

朦朧としていた彼の剣は鈍く、そばに控えていたオルテウスが咄嗟に弾き飛ばすのは実に容易だった。

取り落とした剣を愕然と見つめる公爵の顔。あれほど愚かしく、滑稽なものはない。

直前まで『女王を殺せ』と囁いていた相手が、突然刃向かってきたのだ。一体何が起こったのか、理解できなかっただろう。

それでも彼は、錯乱しながらオルテウスに罪をなすりつけようとしていた。

『すべてあいつの言う通りにしたことだ。私は無実だ』と。

しかし、周囲の人間が耳を貸すはずがない。

オルテウスは女王暗殺を阻止した英雄。一方公爵は、女王弑逆未遂の大罪人だ。

皆がどちらの言い分を信じるかなど、論ずるまでもない。

近衛騎士らによって取り押さえられた公爵は、喚きながらもそのまま牢へ連行されていった。

いい気味だ。

ようやく邪魔者が消えた。

その後すぐに調査が行われ、剣に毒が塗られていたこと。そしてその毒の原料となる植物が、シルフィアの住んでいたあの館にしか咲いていないことがわかった。

——鈴蘭。

文字通り白い花を鈴なりに咲かせ、その可憐な見た目とは裏腹に、草や根に強い毒を持つ多年草。

いつか何かの役に立つかもしれないとオルテウスが実家から取り寄せ、館の花壇に植えた、シルフィアの気に入りの花。

彼女は毒草と知らずに愛(め)でていたが、その状況で、人々がシルフィアに対し『大罪人の共犯者』という目を向けるのは至極当然の流れだった。

ただちに修道院へ騎士が派遣され、シルフィアを捕らえることが決まった。この後は、尋問までの間どこへも逃げられないよう、館へ軟禁という流れになるはず。

女王は、公明正大で寛大な名君として知られている。いくら生さぬ仲の娘相手とはいえ、共犯者という確たる証拠もないのに処刑することはありえない。

それでも世論は恐らく、シルフィアになんらかの罰を与えることを望むだろう。

そこで『英雄』の出番だ。

オルテウスは女王に、シルフィアの解放を嘆願するつもりだった。女王の命を救った褒美として田舎の所領を賜り、シルフィアを妻として手元に置いて監視するとでも言えば、養女を穏当に厄介払いしたい女王にとっても、渡りに船だろうと考えたのだ。

しかし、オルテウスの目論見はある意味で外れてしまった。

——女王は、全てわかっていたのだ。

夫が、シルフィアへ向ける妄執も、今回の騒動が全てオルテウスの企みであることも。

わかっていて、あえて泳がせていた。

『あの子の周囲で、立て続けに不吉なことが起こった。あれらは全て、そなたの仕業なのでしょう』

人払いのなされた部屋で、シルフィアを妻に迎えたいと訴えたオルテウスに、女王は淡々とそう言ってのけた。

予想外の言葉に、反応が僅かに遅れてしまう。その一瞬の隙を、彼女は見逃さなかった。

『最初は、あの子に懸想した侍従だったわね。次は、あの子が拾った仔猫。そして大切にしていた小鳥だったかしら』

——そう。

それらは全て、オルテウスの犯した罪。

自分がいつから歪み始めたのかはわからない。あるいは、初めから歪んでいたのかもしれない。

オルテウスは、恋い慕う相手の世界に自分以外の人間がいることが我慢できなかった。

だから、下心剝き出しでシルフィアに話しかけていた侍従は、二度とその目に彼女を映せないよう、眼球をえぐりとってやった。

拾ってもらった恩も忘れて彼女の手を引っかいた仔猫には、毒餌を。

そして何より、ラマルディエ公爵の名前からとってマルーと名付けられた小鳥。求愛の歌でシルフィアの気を惹こうとしていたあの忌々しい小鳥は、永遠に歌えなくしてやった。

それを周囲が呪いと思い、シルフィアから離れていくのなら本望だった。

傷つけたいわけではなかった。しかし孤立すれば孤立するほど、彼女が頼れるのはオルテウスしかいなくなる。

(姫さまの眼差しが映すのは、俺の姿だけでいい)

彼女の耳はオルテウスの声だけ拾えばいいし、彼女の唇は、オルテウスのためだけに言葉を紡げばいい。

あの柔らかな手はオルテウスにだけ触れるべきだし、彼女の心を占めるのも、頭を悩ませるのも、全てオルテウスただひとりのことだけであるべきだ。

『あの子も、とんでもない相手に好かれたものね』

自然と、腰の剣に手が伸びる。しかし女王は、そのことでオルテウスを罪に問うつもりはないようだった。

『皆はあの子の目を呪いだと恐れるけれど、単に珍しい色というだけのこと。私は呪いなど信じない。そこにあるのは、人間の悪意だけよ』

意外だった。宮廷で流布しているシルフィアに対する悪意ある噂の一端は、女王も関わっているものだと思っていたからだ。

だが、先ほどから『あの子』と口にする時の女王の眼差しには、憎悪も蔑視もまったく感じられない。

『――陛下は、シルフィアさまのことを嫌っておられるのかと思っていました』

未だ警戒は解かないまま、けれどオルテウスは言い訳を諦めた。

ここで女王を殺したところで、外に控えている近侍たちがすぐに駆けつけ、オルテウスを捕らえるだけだ。

死ぬことは怖くないが、シルフィアと離ればなれになることは何より恐ろしい。

『〝不義の娘を狭い館へ追いやり、たったひとりの老侍女と共につましい生活を強いる義理の母親〟。傍から見れば、きっとそう見えたことでしょうね。けれど私は、あの子のことを嫌ってなどいない。むしろ心の底から、憐れんでいたわ』

始まりは誰もが知る通り、異国出身の踊り子を女王が下女として召し上げたことだったという。

『あの子の母親、サーフィーヤは美しく、明るく、宮廷育ちの私の目にはとても眩しく映ったわ。けれどそれは、マルタンにとっても同じことだったのね』

宮廷の人々は、したたかな下女がラマルディエ公爵を誘惑し、身ごもったと思っている。しかし真実は違った。

公爵は一目見た瞬間から、サーフィーヤの美しさに心奪われた。そして女王が不在の時を狙い、彼女を無理やり手籠(てご)めにしたのだ。

世話になった女王への恩を仇(あだ)で返す形となり、サーフィーヤは自害して詫びようとした。女王が懸命に説得しなければ、彼女は妊娠が発覚する前にこの世を去っていただろう。

しかし結果的に、彼女は娘を産み落として数日後に、産褥のため亡くなってしまった。

ラマルディエ公爵の嘆きようは、それは凄まじいものだったそうだ。彼はサーフィーヤの遺体に取りすがって、三日三晩泣き続けた。

そして彼女の葬儀が済んだ後、初めて我が子と対面してこう言ったそうだ。

『ああ、なんだ。そこにいたんだね、サーフィーヤ』

娘にシルフィアと名付け、恍惚とした微笑みを向ける夫の姿に危機感を覚えた女王は、自身の信頼する侍女とともに赤子を牢館へ送った。

物理的に距離を置くことで、シルフィアを少しでも公爵の狂気から遠ざけたかったのだ。

自身が、下女に夫を寝取られた腹いせで養女を虐げていると噂されようとも、それでシルフィアを守れるならかまわなかった。

女王を裏切った手前もあってか、目論見通り公爵はしばらくの間、大人しく振る舞っていた。けれど結局のところそれは、シルフィアが成長するのを手ぐすね引いて待っていただけにすぎなかったのだ。

そういった気配を敏感に感じ取っていた女王は、折に触れシルフィアの許を訪ねては夫を牽制した。そして彼が凶行へ走る前にと、急いでシルフィアの縁談を取り纏めた。

しかしその話は公爵の差し向けた暴漢によって潰され、二度目の縁談も此度の騒動によって立ち消えてしまったわけだが。

『そなたが仕向けたことであろうと、マルタンが私を邪魔に思っていたことは間違いない。遅かれ早かれ、きっと彼は私を害そうとしたでしょう』

だから今回のことはちょうどよかった、と。

——彼女は、利用したのだ。

オルテウスがラマルディエ公爵の周囲をうろつき、侍従を懐柔し、酒に薬を盛ったことも。その結果、どうなるのかもわかっていながら静観していた。

夫が『女王暗殺未遂』の罪を犯すことで、確実に失脚するのを待っていたのだ。

いた。

『……陛下は、恐ろしい方です』

それは、ある種の賞賛であった。オルテウスは、初めて他人に対して畏怖の念を抱いていた。

『それも考えないことはなかったわ』

『私を罰しますか』

本人を前に平然と、女王は答えた。

『けれどそなたを処刑すれば、あの子は必然的に全てを知ることとなる。優しく繊細なあの子の心は、きっと真実に耐えられないでしょう』

父の執着だけならまだしも、護衛がしてきたことを知れば、シルフィアは壊れてしまうかもしれない。

『それは私も望んでいない。だからそなたは、そなただけは、その狂気を最後まで隠し通しなさい』

そうして女王は、オルテウスが望んだ通り伯爵位と地方の所領を授け、シルフィアとの婚姻を許した。対外的には、王都から遠い場所で『罪人の娘』を監視させるというふうに見えるように。

オルテウスを娘婿にと望んでいたらしい某公爵が、あからさまに残念がってシルフィアの悪口を垂れ流していたが、もうそんなことはどうでもよかった。

それから二日後、シルフィアを牢獄へ迎えに行ったオルテウスは、およそ一年ぶりに見る彼女の姿に息を呑んだ。

絹糸のような漆黒の髪。透き通るような白い肌。燃えるように赤い瞳。

髪を一纏めにし、地味な旅装に身を包んでいても、その美しさは以前となんら変わらない。否、以前より更に輝きを増し、眩いほどだった。

『お久しぶりです。お迎えに上がるのが遅くなって、申し訳ありません。――姫さま』

シルフィアを襲っていた看守たちへの怒りを押し殺し、怯えさせないように優しい声で呼びかければ、強張っていた彼女の顔に安堵が広がった。

自身の身に着けていた外套を彼女へ着せ、抱きかかえて牢の外へ連れ出す。

子供のように力を込めてしがみつくさまに、独占欲が満たされていくのを感じた。

彼女が父親に会いたいと言い出すのも、想定内のことだった。だからオルテウスは予め女王の許可を得て、黒髪の娼婦を公爵の牢へ送り込んだのだ。

公爵が娘の前で晒してくれた醜態は、予想以上のものだった。

娘の名前を呼びながら、獣のように荒々しく娼婦を犯す父親を前に、シルフィアが何を思ったのかは想像に難くない。

青ざめた顔で後退る彼女の顔は、恐怖と嫌悪で引きつっていた。

『姫さまのことは私がお守りするので、ご心配なきよう』

そしてオルテウスがそう告げた時の、公爵のあの顔。

あの、憎悪と嫉妬にまみれた顔を思い出すだけで、今でも腹の底から笑いが込み上げそうになる。

(それにしても、まさか父がシルフィアさまを俺から引き離そうとするとは)

父は知らなかったのだろうが、オルテウスに薬は効かない。

傷がすぐに治る体質のせいか、あるいは母から受ける暴力の痛みを抑えるために飲んでいた、鎮痛剤の副作用かもしれない。

それでも父がシルフィアを攫うのをやめなかったのは、彼女に見せつけたかったからだ。

あなたのためならば、自分は父殺しの大罪でも背負ってみせるのだと――。

『お前のことなど、引き取るのではなかった』

死の間際、父の口からこぼれたのは悔恨の言葉だった。

『お前のようなばけものが生まれてきたこと自体が間違いだったのだ……！』

もしかして父は女王から、何か事情を聞いていたのだろうか。そして女王もあわよくば、シルフィアを救えると考えたのかも。

もちろん、真実はわからない。

きっと女王に尋ねたところで、はぐらかされるだけだろうから。

だが、もし彼女がこの件に関与しているとすれば、もう二度とオルテウスたちにかかずらおうとは思わないはずだ。

今頃女王の許には、血まみれになった父の指輪が届いていることだろう。

『お可哀想なシルフィアさま……お救いできず、申し訳ございません……』

ふと、父の最期の言葉を思い出す。

父は馬車の中でシルフィアに、オルテウスが犯した罪の数々を伝えたのだろう。

だけど彼女はそれを聞いてなお、オルテウスの腕の中にいることを選んだのだ。

ふ、と唇から微かな笑い声がこぼれる。

「……オルテウス、どうかした？」

シルフィアが不思議そうな声を上げた。

「いいえ、なんでもありませんよ。もうしばらく、このままで。あなたを抱きしめさせていてください」

オルテウスは、シルフィアを強く抱きしめる。

彼女が顔を上げることができないよう。本当の意味で思い人を手に入れた、自分のこの醜い笑顔を、彼女が決して見ることのないよう。

もう、この愛おしいぬくもりは自分だけのもの。

可哀想に。

姫君は人の形をした醜い妄執に囚われ、永遠に城の中――。

（ああ、だけど）

いつかもし、自分たちの間に子供が生まれたら、その子だけはシルフィアに会うことを許してやらなければならないだろう。

彼女の心が自分以外へ向けられるのは癪だが、愛する人との間に生まれた子供なら、きっとその子もオルテウスにとって、愛おしい存在となるはずだから。

終章　唯一無二の相手

リュシオンの両親は、とても仲がよかった。

父は母を盲目的に愛していたし、母もまた、そんな父を心から慕っていた。

そんなふたりの間に生まれたリュシオンは、ひとり息子として、ぬくぬくと大切に育てられた。

欲しいものはなんでも与えてもらったし、したいと思ったことはなんでも叶えられた。

けれどそんなリュシオンも唯一、不満だったことがある。

それは、母にほとんど会えないことだ。

彼女はいつも城の一室に閉じこもっていて、食事も部屋でとっており、自室から出てくることは滅多にない。

リュシオン自身が勝手に母の部屋へ行くことも、父から固く禁じられていた。

『いいかい、お母さまの部屋へ近づいてはいけないよ。お母さまは身体が弱いんだ。刺激を与えてはいけない』

そう言い聞かせる父の表情は真剣で、幼いながらに、何か異様な空気を感じ取って恐ろしかったことを覚えている。

それでも年に一度、母の誕生日だけは、父の監視の下で彼女と会うことを許された。

その日、リュシオンは母に渡すため、庭に咲いている菫をいくつか選んでリボンで束ねて花束を作った。そして持っている中で一等いい服に着替え、父に連れられいそいそと母の許へ向かった。

「姫さま、リュシオンを連れてきました」

父は母のことを『姫さま』と呼び、敬語で話しかける。かつて母が王女だった頃、父がその専属騎士を務めていたためらしい。

緊張に胸を高鳴らせていると、中から扉が開いて侍女が姿を現した。

初めて見る顔だった。

侍女が入れ替わるのは、これで何人目だろう。

父は母の世話をする人間に求める基準が厳しく、何か少しでも粗相があるとすぐに解雇してしまうのだ。

侍女は父とリュシオンに無言で頭を下げると、手振りで室内へ促した。母付きになる侍女はいつも必ず、口がきけない者と決まっているのだ。

一度不思議に思って、父に理由を聞いてみたことがある。

すると父は少し困ったように笑って『余計な口をきいて、お母さまの心を患わせないためにだよ』と答えた。

幼いリュシオンは意味がよくわからないながらも、そういうものかと納得した。

「いらっしゃい」

リュシオンと父の姿を認めると、母はゆっくりと長椅子から立ち上がった。

ほっそりとした身体つきの、色白で美しい人だ。

白い寝衣に身を包み、黒い髪を結いもせず背中に垂らしている姿は、まるで天使のように儚(はかな)げだ。

彼女はリュシオンと揃いの赤い目を細めながら、柔らかく微笑む。

「リュカ。大きくなったわね」

母の呼ぶ自分の愛称が、リュシオンは大好きだった。

「おたんじょうびおめでとうございます、おかあさま。あの、このお花……」

「まあ。くれるの？　わたしに？　ありがとう」

優しい声に、リュシオンはすっかり舞い上がった。

父のような立派な贈り物は用意できないが、それでも母は喜んでくれるのだ。

「お庭に咲いていたんです。おかあさまに、おわたししたくて……」

「とても嬉しいわ。リュカは優しい子ね」

母は小さな花束を大切そうに受け取ると、息子と夫を室内へ招き入れた。

初めて入る母の部屋は、白で統一された、少女の夢を詰め込んだかのような可愛らしい内装だった。棚の上には可愛らしい陶器人形やオルゴールが並び、花瓶に飾られた花が瑞々しい香りを届けている。

自分の部屋とも、また父の部屋とも全然違う雰囲気に見とれている間に、侍女が紅茶や菓子を運んできた。

「リュカの好きなお菓子を用意させたわ。好きなだけ食べてね」

「ありがとうございます！」

母の隣に父が座り、その向かい側にリュシオンが腰掛ける。

家族でテーブルを囲みながら、リュシオンは用意された菓子を次から次へと頬張った。

「こらこら、リュシオン。そんなに一度に食べると、喉を詰まらせてしまうよ」

「リュカは食いしん坊さんね」

両親はそんな息子を、目を細めて見つめている。

時折、頬についた食べこぼしを母がハンカチで甲斐甲斐しく拭き取ってくれた。

そうされるたびにリュシオンはどこか気恥ずかしいような、嬉しいような気持ちになって、頬を赤く染めてしまう。

母と過ごす時間は、夢のように楽しかった。

普段甘えることができない分、たっぷりと甘えさせてもらったし、たくさん話もした。

最近、剣の稽古を始めた話。乗馬の練習のため、父が仔馬を贈ってくれた話。従者の子供と遊んだ話――。

母は目を細め、何度も何度も頷いてくれたし、父もいつも以上に優しい眼差しをしていた。

家族全員で過ごせることが嬉しくてたまらず、リュシオンはこんな時間がもっと続けばいいと思った。

けれど、楽しい時間はそう長くは続かなかった。

いつの頃からだろうか。

父が、以前にも増して母からリュシオンを遠ざけるようになったのは。

母と会話するリュシオンに、敵意のような眼差しを向けるようになったのは。

やがて母の部屋の前には常に監視の侍女が置かれるようになり、十四歳を迎える頃には、誕生日でさえ彼女に会うことはできなくなっていた。

父の言いつけは絶対だ。

それでも母に会えないことが寂しくて、リュシオンは一度だけ、こっそりと母の様子を窺いに行ったことがある。

その日は運良く、父が領地の視察で城を留守にしていた。

リュシオンは侍女の情に訴え、母の部屋に入れてもらうことにした。

母は久しぶりに会う息子を大いに歓迎してくれたが、当然、父がそれを喜ぶはずもない。

城へ戻ってきた父は、つい、母の膝枕でうたた寝をしてしまったリュシオンを見るなり激昂し、部屋から追い出した。

普段温厚な父があれほど怒った姿は、後にも先にも見たことがなかった。

母が取りなしてくれなければ、父はあのままリュシオンを殴り飛ばしていたかもしれない。

解雇されたのか、その日のうちに侍女は城からいなくなり、リュシオンは間もなく遠縁の家へ追いやられた。

表向きは跡継ぎ教育のためという理由だったが、所詮は建前だろう。

父は母を、盲目的に溺愛していたのだ。

実の息子ですら、頑なに会わせまいとするほどに。それに気付いたのは、ずいぶん後になってからだったけれど。

部屋に閉じ込められ、籠の鳥のような生活を送っていた母が、そんな父の行動をどう思っていたのか。

リュシオンには、本当のところはわからない。

ただ、父を見つめる母の顔に、いつも恋する少女のような笑みが浮かんでいたのは確かだ。

母は確かに、リュシオンを愛してくれていた。けれどきっとそれ以上に、彼女にとっては父のそばにいられることこそが、一番の幸せなのだろう。

幼い頃はそれを少し寂しく思ったが、同時に羨ましくも思った。

互いに唯一無二の相手が存在するというのは、きっと無上の幸福に違いない。

いつか自分にも、父のように愛する女性を見つけることができるだろうか。運命の赤い糸で固く結ばれた相手が存在するのだろうか。

もし、この広い世界のどこかにそんな女性がいるのならば、早く自分の目の前に姿を現してほしい。
そしてもし、本当に出会えたなら、心からの愛と忠誠を誓うのだ。
父が母にそうしたように、己の腕の中に閉じ込めて。

あとがき

ソーニャ文庫さんでは初めまして。白ヶ音雪（しろがねゆき）と申します。

このたびは本作『愛執の鳥籠』をお手にとってくださいまして、誠にありがとうございます。お楽しみいただけたら嬉しいです。

レーベルのテーマが『執着系乙女ノベル』ということで、自分なりの執着と愛を描かせていただきました。普段は溺愛キュンキュン系のお話を書くことが多いので、執筆中はとても新鮮かつ楽しかったことをよく覚えています。

実は担当編集さんと最初に打ち合わせをした際、本作とは全く違う別のプロットを提出しておりました。（いつかそのお話も書かせていただきたいな、なんて思いつつ）

「まずは騎士もの、いかがでしょうか？」とご提案いただき、改めて構想を練ることに。

わたしにとって、ヒロインの身分がヒーローより高いお話は本作が初挑戦（多分）です。

どんなお話を書こうかと頭を悩ませていた時、ふと、仮面の騎士と薄幸の王女の図が頭に浮かびました。

本作のヒロイン・シルフィアは、その複雑な出生と特別な容姿故に周囲から疎まれている、名ばかりの王女。心優しく臆病ながら、他者のために心を砕くことのできる強さも持ち合わせている少女です。

ヒーローであるオルテウスもまた、貴族の落とし子であったがために、過酷な環境で育った青年です。

他者からの優しさに触れたことのなかった彼が、自分を救ってくれたシルフィアを女神のように思い、静かに彼女への愛執を募らせていく様子を楽しんでいただければ幸いです。

さて、本作のイラストは、鳩屋(はとや)ユカリ先生にご担当いただきました。

暗闇の中にぽつんと浮かぶ窓、清楚な鈴蘭の花。ほんのり冷たい空気や、甘い香りまで漂ってきそうな素敵なカバーイラストはもちろん、華やかで繊細な挿絵の数々本当にありがとうございます。『ふたりだけの世界』を最高に美しく描いてくださいました。

また、担当編集のH様、いつも親身にご相談に乗っていただき、ありがとうございます！

そして本書をお手に取って下さった読者の皆さまへ、心より感謝申し上げます。

願わくは、また別の物語でお目にかかれますように。

白ヶ音雪

この本を読んでのご意見・ご感想をお待ちしております。

◆ あて先 ◆

〒101-0051
東京都千代田区神田神保町2-4-7 久月神田ビル
㈱イースト・プレス　ソーニャ文庫編集部
白ヶ音雪先生／鳩屋ユカリ先生

愛執の鳥籠

2023年2月3日　第1刷発行

著　　者　白ヶ音雪
イラスト　鳩屋ユカリ
装　　丁　imagejack.inc
発 行 人　永田和泉
発 行 所　株式会社イースト・プレス
〒101－0051
東京都千代田区神田神保町２－４－７ 久月神田ビル
TEL 03－5213－4700　　FAX 03－5213－4701
印 刷 所　中央精版印刷株式会社

ISBN 978-4-7816-9740-6
定価はカバーに表示してあります。